Iatros Verlag

Pro captu lectoris habent sua fata libelli

Norbert Autenrieth (Hg)

Corona-Befindlichkeiten

Ein poetisches Tagebuch

Mit Beiträgen von:

Norbert Autenrieth, Elfie Bach, Margit Begiebing, Christa Bellanova, Barbara Biegel, Jutta Dörnhöfer-Schneider, Petra Embacher, Amadé Esperer, Irmtraut Glossner, Erika Hauswirth, Helmut Herrmann, Margit Heumann, Gisela Hoffmann-Merle, Erich Hübel, Petra Jacoby, Peter Jokil, Barbara Kelber, Irmi Kistenfeger-Haupt, Ruth Lenz-Tichei, Jürgen Leuchauer, Michael Lösel, Malwine Markel, Anna Neder-von der Goltz, Werner Nennich, Claudia Oehm, Korbian M. Reinders, Christine Rieger, Fritz Schnetzer, Manfred Schreiner, Manfred Seifert, Siegfried Straßner, Walter Tausendpfund, Martina Tischlinger, NHL Winter

Iatros Verlag

Impressum

Bibliografische Information der Deutschen Bibliothek

Die Deutsche Bibliothek verzeichnet diese Publikation in der Deutschen Nationalbibliografie; detaillierte bibliografische Angaben sind im Internet über http://www.ddb.de abrufbar.

Herstellung und Verlag:
Iatros-Verlag & Services e.K.
Kronacher Straße 39, 96242 Sonnefeld

Umschlag:
A. Eckstein/N. Autenrieth

Druck & Bindung:
SdL, Berlin

ISBN 978-3-86963-295-7

Vorwort des Herausgebers

Am Ende wird alles gut. Wenn es nicht gut ist, ist es noch nicht das Ende. (Oscar Wilde)

Diese Zeit war nicht gut. Diese Zeit hat uns belastet, belastet in vielerlei Weise. Welche Zeit? Hier ist es die Zeit zwischen 13.03.2020 und dem 29.05.2020, die Zeit, die uns Corona beschert hat. Über diese Zeit gibt diese Buch Zeugnis: in **Tagebuchnotizen**, in Briefen und kurzen Anmerkungen, vor allem aber in literarischen Texten vieler Autor/innen: deshalb ein „poetisches Tagebuch".

Begonnen hat das Unternehmen damit, dass ich persönliche Tagebuchnotizen gemacht habe. Persönliche heißt: Der Leser wird über Manches rätseln müssen, über ihm unbekannte Namen und Ereignisse stolpern. Der Authentizität wegen sei es hingenommen.

Aber, was viel wichtiger Ist: Im Laufe der ersten Corona-Wochen kam der Vorschlag von Helmut Hermann von „Wortkünstlern Franken", die Mitautoren/innen könnten sich „Befindlichkeitsmails" zusenden, um in dieser Zeit wenigstens medial in Kontakt und Austausch zu bleiben. Dem schlossen sich viele andere des „AutorenVerbands Franken", des „Collegiums Nürnberger Mundartdichter", des „Pegnesischen Blumenordens" und manche meiner Freunde und Bekannten an.

Alle Beiträge habe ich ohne Ansehen der Person gesammelt und jetzt, ja jetzt liegen sie chronologisch geordnet in diesem kleinen Büchlein vor. Mögen sie ein kleines Zeitzeugnis sein und ein Einblick geben, wie Textschaffende diese Zeit verarbeitet haben.

Auch wenn wir noch längst nicht am Ende sind und nicht alles gut ist.

So fing´s an...

Do., 12.3.

Tagebuchnotizen Norbert Autenrieth

Nachdem der Corona-Virus jetzt auch Italien, das ganze Land, unter Quarantäne gestellt hat – Grenzen zu, keine öffentlichen Veranstaltungen mehr, Schulen, Kigas und Hochschulen geschlossen, nur noch Lebensmittelgeschäfte und andere lebenswichtige Versorgungseinrichtungen geöffnet – wird man auch Deutschland nervös. Hamsterkäufe, vor allem Nudeln und Klopapier – gehts noch? Desinfektionsmittel seit mehr als einer Woche ausverkauft.

Veranstaltungen mit mehr als 1000 Leuten verboten – das betrifft natürlich den heiligen Fußball. Umso mehr wundert es mich, dass meine Lesung im Café „zeitlos" im KUNO stattfindet und seltsamerweise vor vollem Haus.

Meine Tochter fragt an, ob der morgige Oma/Opatag mit den Enkeln stattfindet, da doch der Kontakt mit älteren Menschen zu meiden ist, weil diese gefährdeter sein sollen.

Geschichte für Alle, Rundmail an die Mitarbeiter

*Liebe Mitarbeiter*innen,*

im Folgenden möchten wir Euch über die aktuelle Lage bei uns bzgl. der Ausbreitung des Corona-Virus informieren. Heute früh erreichte uns die Nachricht, dass bis Ende April keine (bzw. nur sehr wenige) Schiffstouren stattfinden werden. Davon betroffen ist ebenfalls die Arbeit im Servicebereich. Auch ein großer Teil der fremdsprachigen

Rundgangsbuchungen sowie etliche deutschsprachige Veranstaltungen wurden bei uns – wie Ihr sicherlich bereits mitbekommen habt – storniert. Diese außergewöhnliche Situation, die ja nicht nur Geschichte Für Alle betrifft, ist für uns alle natürlich sehr schlecht. Wir hoffen aber, dass die Maßnahmen wie Reiseeinschränkungen, Schulschließungen und die Absagen von Großveranstaltungen die gewünschte Verlangsamung der Ausbreitung des Virus zur Folge haben und sich dann spätestens ab Mai das Auftragsvolumen bei uns wieder normalisiert.

Stadt- und auch Museumsführungen sowie pädagogische Programme können aktuell generell (noch) ganz normal stattfinden. Es gibt hier keine einschränkenden Regelungen. Deshalb führen wir bis auf Weiteres alle öffentlichen Rundgänge planmäßig durch. Außerdem können Rundgänge weiterhin ganz normal bei uns gebucht werden. Von unserer Seite gibt es keine Stornierungen für die Kund*innen. Bei der Durchführung von Veranstaltungen bitten wir Euch aber zu Eurem eigenen Schutz, auf die allgemeinen Vorsichtsmaßnahmen bzgl. der Corona-Prävention Rücksicht zu nehmen.

Walter Tausendpfund

Im Dezember 2019/Januar 2020 in Wuhan/China... und dann aa bei uns:

An Silvester 2019 is in China oogange...
erschde Warnungen, däi me ned hern hod woll...
Irgendwann im Februar oder im März...
hod's dann aa uns ewischd...
am 8. März is de erschde Deidsche in Ägybdn
desdeweeng gschdorm...
Und dees hod dodal iiberaschd:

Kaane hod's kumme hörn,
doo wor se aaf emool...
Is aus China kumme?
Vill soong so,
ande aa anderschd...
Kaane waaß wos gwies...

Hindeher homms gsachd,
es woor aaf en Margd
mid laude wilde Diere in Wuhan
- Huanan-Markt -,
wou de Virus vo e Viiech
iibegschbrunge is aaf en Mensch...

Glei homms den Margd gschlossn...
Und nix mehr hosd gheerd...

– ab 28. 1. 2020 in Deutschland/Bayern

Bei Münchn is oogange...

Die Webasto – Gschichd vom 28. 1.
homm e gor ned
so arch ernsd gnumme,
wo e Chinesin Midarbeide
vo dere Firme mid dere Kränk
ogschdeggd hod.

Kaane hod se gseeng,
gred hom se dann scho
doo und doo devoo...

Kaane hod se glai gschbierd,
abbe im Fernseh is dann
ganz schnell iiberoll…

Doo kummes aus alle Löche
Experdn, Experdn, Experdn...
Aane gscheide wäi de Ande...
Drosden, Wiehler, Kekulé...
und wäi se alle haasn..

Horrorbildle aus Idalien...
echde Wahnsinn...
Ganz bsonders Bergamo...
Doo sen se iibelasded,
mäin glai raggern
rund um die Uhr,
beim Dooch bei de Nachd,
helfn, woos kenne
ohne Essn und Schlof...

Dogde, Schwesdern graine...
Endlos Särg aaf Armee-Lasdwoong...
Und dees ned aamoll,
jedn Dooch däi Bildle...

Wos soll dees no wern?

Fr., 13.3.

Tagebuchnotizen Norbert Autenrieth

Jetzt aber: Alle staatlichen Kulturveranstaltungen werden abgesagt. Gestern habe ich letzte Lesung im KUNO gehabt. Welch Glück? Museen geschlossen. Schulen, Hochschulen Kitas ab Montag geschlossen. Emails überstürzen sich.
Oma/Opatag fand statt ohne Probleme mit drei Enkelinnen. Arbeit von Schwiegertochter A. ab Montag im homeoffice wg. N., der nicht mehr in den Kiga kann.
Es gibt nur noch ein Gesprächsthema zwischen den Menschen und in den Medien: Corona. Was ungewohnt ist: Talkshows und andere Sendungen ohne Publikum, z.B. Illner, Welke.

Burgverwaltung Cadolzburg 10:57

Liebe Burgführende,
seit heute Morgen um 9 Uhr ist es amtlich, dass es zu einer bayernweiten Schul- und Kindergartenschließung ab Montag 16.03. bis vorerst Freitag, 17.04.2020 (Ende der Osterferien) kommt.

Aus diesen Gründen, müssen wir leider alle gebuchten Aktivführungen und Workshop-Angebote für Schulklassen und Kindergartengruppen in der Zeit bis 17.04.2020 stornieren.

Die gebuchten Führungen für alle anderen Zielgruppen finden vorerst statt. Das Burgerlebnismuseum bleibt nach aktuellem Stand geöffnet.

Sollte sich hier Etwas ändern, geben wir Euch/Ihnen umgehend via Rundmail Bescheid.

Literaturzentrum Nord, KUNO e.V., 13:23

Liebe Literaturinteressierte,
das Wohl unserer Besucher*innen und Mitarbeiter*innen liegt uns am Herzen. Deshalb werden auch im Literaturzentrum Nord, KUNO, die Lesungen bis vorläufig Mitte April abgesagt bzw. verschoben.

Burg Cadolzburg 13:25

Lieber Norbert,
trotz der Ereignisse wird unser Führungsbetrieb für offene Führungen vorerst nicht eingeschränkt und auch das Burgerlebnismuseum bleibt geöffnet.
Sollte es zu einer Änderung kommen, informieren wir dich.
Vielen Dank für Deine Bereitschaft, offene Führungen im 2. Quartal zu übernehmen.

Sa. 14.3.

Tagebuchnotizen Norbert Autenrieth

Heute war die Einkaufsituation bei Lidl relativ normal. Inzwischen werden praktisch alle Veranstaltungen, egal wie groß, abgesagt. Bei uns – oh Wunder! – noch Vorstandsitzung AVF mit allen außer I. und S. Wir sagen auch alles ab, Workshop, Lesungen, Monatstreffen.

Blumenorden 11:59

Liebe Mitglieder, Freunde und Förderer!

Aufgrund des aktuellen, dynamischen Geschehens und der weiteren Verbreitung des Coronavirus hat die Stadt Nürnberg mit einer Allgemeinverfügung vom 13. März 2020 alle Veranstaltungen mit 100 bis 1.000 anwesenden Teilnehmern im Stadtgebiet Nürnberg untersagt und regt auf Empfehlung des Robert-Koch-Instituts an, überdies alle weiteren öffentlichen Veranstaltungen, die nicht zwingend notwendig und nicht systemrelevant sind, abzusagen. (Quelle: Amtsblatt 05b/2020)

Aus diesen Gründen hat sich der Pegnesische Blumenorden dazu entschieden, vorerst alle geplanten Veranstaltungen bis zum 19. April abzusagen.

Wir rechnen mit einer Lockerung der Bestimmungen nach diesem Datum und werden Sie rechtzeitig über kommende Veranstaltungen des Pegnesischen Blumenordens informieren.

Aktuelle Informationen rund um das Coronavirus veröffentlicht die Stadt Nürnberg im Internet unter coronavirus.nuernberg.de. Allgemeine Informationen zum Coronavirus erhalten Sie beim Robert-Koch-Institut.

Wir halten Sie auf dem Laufenden und melden uns bald mit einem neuen Newsletter wieder. Derweil sind wir natürlich weiterhin für Ihre Anregungen, Fragen und Informationen erreichbar unter der Mailadresse newsletter@blumenorden.de.
Bleiben Sie gesund!

Geschichte für alle 15:20

Liebe Kolleginnen und Kollegen,
niemand bleibt verschont, auch das Fürther Ressort nicht. Wie ihr schon mitbekommen habt, werden reihenweise Veranstaltungen abgesagt. Auch von offizieller Seite unseres Vereins wird empfohlen, Treffen in den nächsten Wochen nicht durchzuführen. Darum wird auch der 1. AK dieses Jahres am kommenden Dienstag ausfallen. Wir werden euch über wichtige Termine und Themen demnächst per E-Mail informieren. Wenn es eurerseits Fragen oder Anregungen gibt, lasst uns das bitte wissen.
Wer sich aber im privaten Rahmen mit Brigitte und mir treffen möchte – ohne Umarmung und Händeschütteln, ist herzlich eingeladen.
Röchelnde, hustende und fiebrige Menschen bleiben bitte zu Hause.

Liebe Grüße,
Claudia und Brigitte

So., 15.3.

Tagebuchnotizen Norbert Autenrieth

Heute etwas „ruhiger“. Trotzdem bleibt Corona immer im Gespräch und man ist sehr unsicher, wie es weitergeht. Die Fälle nehmen sprunghaft zu.
Mit Kindern und Enkeln, immerhin sieben Personen und G. Wanderung in der Teichlandschaft „hinter“ Weisendorf. Kein gemeinsamer „Wirthausabschluss“ – Wirtshäuser zu. Abends kommt die Nachricht, dass Bayern Katastrophenfall auslösen will – am Montag, d.h. Geschäfte schließen, jede „Versammlungen“ verboten. Kommunalwahlen heute haben interessanterweise höhere Wahlbeteiligung als vor 6 Jahren. Kinder und Schwieger ab Mo. homeoffice.

Amadé Esperer

Die Angst ist die erste Zeile,
der Tod seine Überschrift
Anonymer Barock

Vorspiel

Montag früh, im Supermarkt: Ich fahre
mit meinem Wagen auf die menschenfreie
Ecke zu, wo sonst die Wurst und der Käse ...
wie aus dem Nichts schwere Schluchzer
Hyperventilation: eine ältere Frau steht bedürftig
nach etwas, das fehlt

Ich bräuchte dringend etwas zu essen:
die Regale sind leer, wie nach einem Überfall
oder im Kommunismus

Mo., 16.3.

Tagebuchnotizen Norbert Autenrieth

Heute tatsächlich Katastrophenfall ab 10:00: Keine Veranstaltungen mehr, ab Di. alle Restaurants nur mehr bis 15:00, ab Mi. alle Läden bis auf Lebensmittel, Gesundheitsvorsorge usw. geschlossen. Jede Art von Sozialkontakte soll vermieden werden, noch kein Kontaktverbot. Infizierte über 8000. In anderen Ländern noch rigorosere Einschnitte: Quarantäne, man darf die Wohnung nur noch zum Einkaufen verlassen. Merkel hält ernste Rede. Aufrufe zur Ruhe und Solidarität

Vorsichthalber Farbe für Kellerrenovierung früh gekauft – müssen Baumärkte schließen? Salat gepflanzt. Kuno erledigt. Garten vor dem Haus fertig,

Friseur Rainer macht telefonisch „Nottermine“, da er ja am Mi. schließen muss.

Arztbesuch, dann bei Rainer, dann einkaufen: Klopapier ganz aus, keine Kartoffeln, keine Hefe, Brotregale leergefegt. Auch bei OBI am Abende Hamsterkäufe, lange Warteschlangen an den Kassen.

Abends begonnen zusammen Keller auszuräumen bis 22:45.

Erika Hauswirth. 9:20

Lieber Norbert,

da du über die gesammelten E-Mails der Mitglieder des AVF verfügst, wage ich die Bitte, dass du eine Nachricht von mir weiterleitest:

Die Lesung von Erika Hauswirth „Als die Störche nicht lieferten“ im Cafe STILLE WASSER in Zerzabelshof am 19.3.2020 entfällt, wegen der vom Staat beschlossenen Sanktionen.
Ich wünsche dir und allen lieben Schreibschwestern und -brüdern gute Gesundheit und viel Geduld.

Herzlichst grüßt und danke schon jetzt in der Hoffnung, keine Fehlbitte getan zu haben,
Erika

Geschichte für Alle 12:00

Liebe Mitarbeiter*innen,
die neuen Corona-Schutzmaßnahmen der bayerischen Staatsregierung haben für uns die sofortige Einstellung des kompletten Führungsbetriebes bis einschließlich 19.04.2020 zur Folge. Alle von Geschichte Für Alle durchgeführten Veranstaltungen sind damit für diesen Zeitraum storniert.
Auch alle geplanten vereinsinternen Veranstaltungen wie Fortbildungen, sämtliche Ausbildungsmodule, Arbeitskreise, Ressorttreffen etc. entfallen bis 19.04. Für viele dieser Termine wird es Ersatz geben. Wir halten Euch über die Planung auf dem Laufenden.
Das Henkerhaus ist von der allgemeinen Schließung der Museen in Bayern ebenfalls betroffen. Auch alle Kassendienste entfallen also bis zum Ende der Osterferien.
Selbstverständlich halten wir unseren Betrieb, wenn auch mit deutlichen Einschränkungen, aufrecht. Ihr könnt uns am besten per Mail erreichen, da wir alle ab morgen größtenteils im Homeoffice arbeiten. Wenn Ihr dringend etwas

aus der Geschäftsstelle braucht, vereinbart bitte einen Termin. Ein regulärer Besucher*innenbetrieb findet bis auf Weiteres nicht mehr statt.
Es ist für uns alle wirklich hart, diese Maßnahmen zu ergreifen. Wir sind aber sehr zuversichtlich, dass unser Verein insgesamt gut durch diese Krise kommt und sehen natürlich in einer solchen Situation absolut die Notwendigkeit, durch die Absage der Veranstaltungen einen Beitrag zur Gesundheit aller zu leisten.
Wir hoffen mit Euch gemeinsam auf eine baldige Überwindung der Corona-Krise und freuen uns schon sehr, jeden und jede einzelne von Euch bald wieder mit Bildordnern in den Städten zu sehen. Weiterhin suchen wir auch nach Wegen, Euch in dieser schwierigen Lage so gut es geht zu unterstützen. Hierzu – und auch sonst zu allen weiteren Entwicklungen – werden wir uns melden.
Bliebt gesund und viele Grüße
Lena, Alex und Bernd

Walter Tausendpfund

Schließung der Schulen...

Schuln machens zou,
kaa Underrichd mehr,
Kinne deham,
abbe kaa Ferien,
digital soll alles geh...
lerne solledns wos...

Di., 17.3.

Tagebuchnotizen Norbert Autenrieth

Einkauf. Alles normal, kein Klopapier, keine Hefe. Ausbessern Keller mittels Putz und Isolierfarbe, alles abgedeckt und abgeklebt. Golf zu Pillenstein.
Alle Geschäfte außer den lebensnotwendigen dicht. Man vermeidet tatsächlich Kontakte. Grenzen geschlossen, Ausgangsverbote in Frankreich und Belgien. Bundesregierung holt Urlauber mittels Sonderaktionen zurück.

Manfred Seifert

Jetzt werden andere Dinge wichtig

Der Geburtstag geht weiter. Tatsächlich, denn meine Frau schließt sich nahtlos an, zusammen haben wir immer 48 Stunden Geburtstag. Dieses Mal allerdings nicht wie üblich mit Familie und Freunden, sondern heute, wie gestern auch schon, in kurzen Abständen am Telefon, unterbrochen von der ein oder anderen e-mail-Antwort. Die Situation lässt nichts mehr Anderes zu. Gestern haben Rosa und Caspar, unsere Enkel in München, dem Opa per Video ein Ständchen gesungen. Ihre Schwester, die vier Wochen alte Anna, haben sie dabei in die Mitte genommen. Sie ist gerade wach und grüßt uns mit großen Augen. Bei diesem Anblick verdrücken wir ein paar Tränen, vor drei Tagen waren wir noch dort bei ihnen in der neuen Wohnung, mit dem Versprechen, bald wiederzukommen. Auch sie wollen, wie sie das schon einige Male gemacht haben, wieder mal für

eine Woche zu uns nach Nürnberg kommen, weil das immer so schön war. Wann das möglich wird, angesichts der Einschränkungen, kann niemand abschätzen.
Die Hälfte des langen Esstisches haben wir als Geburtstagstisch gestaltet, für alle Sinne. Das Auge schweift ja gerne über hübsche Dekorationen und die Seele kann gerade in diesen Tagen anregende Farben und wohltuende Inspirationen vertragen. Nach einer erholsamen Siesta dann ein belebender Espresso mit einem Stück des selbstgebackenen Apfelkuchens, bevor wir uns auf eine längere Runde um das Max-Morlock-Stadion aufmachen. Cluberern tut es besonders weh, hier diese Leere zu spüren, das Warten auf die restlichen Heimspiele der Saison, die vermutlich gar nicht zu Ende gespielt werden kann. Nach der Arbeit kommt unser Sohn zum Abendessen, bei einem Risotto und einem Glas Wein sprechen wir über den Umgang mit den neuesten Informationen. Ein besonderer Geburtstag, auf seine Art.

Walter Tausenpfund

Gerade noch schnell beim Friseur...
in alter Manier
morng hom die Friseure zu...

Mi., 18.3.

Tagebuchnotizen Norbert Autenrieth

Schon früh aufgestanden und Keller geweißelt von 9:00 bis 3:00 Uhr. Nach Mittagessen zu Fuß von Unterfarrnbach bis Pillenstein und Auto abgeholt. J. und Wfg. getroffen (joggen), auch G. und R. Es gibt nur noch ein Gesprächsthema: Corona.

Politiker warnen vor rigoroser Quarantäne, wenn Vermeidung von Sozialkontakten nicht funktioniert. Infektionszahlen steigen weiter. Man beginnt, Kliniken für den „Ansturm" zu rüsten: OP´s zurückgestellt, Intensivbetten vermehrt, auch in Reha-Kliniken.

Man achtete tatsächlich mehr auf Abstand – während andere sich trotz Verbots auf Spielplätzen treffen und auf Wiesen zusammensitzen.

Abends mit schlechtem Gewissen zu H.s zum Karteln bis 24:00 Uhr.

Walter Tausendpfund
Kanzlerin-Rede und die Folgen...

Di Kanzlere red im Fernseeh
In aane schene Red iibe alles
und heizd uns ganz gfühlvoll ei...

Vill is scho abgsachd,
vill is vo haid aaf morng gschlossn
di Laid aaf de Schdrooß...
(e boor Geschefdle hom no offn)
sunsd fasd nix mehr los...

Do., 19.3.

Tagebuchnotizen Norbert Autenrieth

Es ist nicht schwierig, sich an die „Schutzvorschriften" zu halten: Man kann spazieren gehen, arbeiten, usw. Natürlich kann man nur noch medial miteinander kommunizieren, was auf die Dauer frustrierend sein wird.
E. mit Th. und N. heute Nachmittag mit Abstand spazieren. Ansonsten Gartenarbeit: Rasen und Kleinkram und abends den Keller wieder „möbliert" und Ölkeller aufgeräumt.

Walter Tausenpfund

„Ausgangsbeschränkung" in Bayern – Katastrophenfall

De Söde is de ganz schnelle...
Er kummd als erschde
mid naie Beschdimmunge
zen 23. März
(die andern Haibdling
wardn nuch e weng
bis zen 27. März):

Naus soll me nimme,
kann Fremdn dreffn..
häichsden aaf aandehalb, zwaa Mede...

Werdshaise sen zou...
Veranschdaldunge wern abgsachd...
Nix gehd mehr...

Scho wiede e nais Geheim-Word:
social-distanc...
Suu lang wäi e Eikaafswoong
im Subbemargd...
Und dordn homms eds aa
Markierunge vor de Kassn,
gelbe Schdrich,
dass dem Vordermoo/der Vorderfraa
ned ze hah kummsd...

Wos is gfehrlich,
wer is gfeehrlich,
und wenn ja, wäi arch...
jeede koo's sai...?

Schdillglegd is alles,
alle Werdshaise zou,
kaa Biergardn mehr offn,
Kino zou,
Deade zou,
Museen zo...

Künsdle hoggn deham,
Kaa Veranschdaldunge mehr,
kaa Geld kummd in Daschn...
Suu e Lehm woor no nie...
Is dee aa no e Leehm?

Margit Begiebing

Liebe Nathalie! 20. März 2020

Quarantäne. 14 Tage bin ich zu Hause eingesperrt, weil einer meiner Kollegen mit Corona infiziert ist. Komische Zeit, zur Zeit. Nicht erst seit ich hier in meiner Wohnung vom Wohnzimmer ins Schlafzimmer laufe. Und wieder zurück. Immer hin und her. Diese ganze Pandemie-Sache geht einem schon an die Nieren. Noch dazu weil keiner der Virologen so richtig zu wissen scheint was Sache ist, aber jeder hat was dazu zu sagen.

Nun, was macht man, wenn man nichts macht? Wenn man den ganzen Tag Zeit hat? Ich lese viel, abends schaue ich Fernsehen und tue mir die neuesten Corona-Zahlen an. Yoga zwischendurch und ein bisschen Gymnastik. Gestern ist mir ein altes Fotoalbum in die Hände gefallen. Fotos aus den 1970er Jahren, da war ich ungefähr so alt wie du heute, meine liebe Nichte. Und wie ich festgestellt habe, sah ich dir sogar ziemlich ähnlich. Oder du mir, wie man will. Deshalb die spontane Idee an dich zu schreiben.

Ich will dir ein wenig erzählen von diesen 1970er Jahren, die für dich natürlich weit weg im letzten Jahrhundert liegen. Wenn ich mir die Fotos anschaue ist es für mich allerdings, als sei es gestern gewesen.

Stell‘ dir vor, damals war ich schon einmal in so etwas wie einer Quarantäne. Ich habe mich dem normalen Leben entzogen und wurde sozusagen Einsiedlerin. Liebe Nathalie, ich sehe förmlich, wie sich deine Augenbrauen fragend heben, wie sich deine süße Stupsnase in Falten legt und du ungläubig lächelst. Doch, wirklich, ich bin in den Wald gezogen! Ich war jung war und wollte ein Zeichen gegen den Staat setzen. Engagiert und politisch war ich damals, idea-

listisch, so wie du es heute bist und wie wahrscheinlich die meisten jungen Leute in diesem Alter sind, so war ich. Hätte es damals schon Greta Thunberg gegeben, in mir hätte sie ihren größten Fan gehabt. Auch damals war eine komische Zeit. Viele Fragen, keine Antworten. Alle, egal ob Politiker oder Normalbürger, alle wollten nur ihre Ruhe haben und nichts hören, worüber sie eventuell hätten nachdenken müssen.

Deshalb wollte ich es dem Staat zeigen. Dem Staat war allerdings völlig egal was ich tat.

Es war die Zeit der Baader-Meinhof Gruppe, du hast bestimmt von ihnen gehört. Sie haben versucht dieses verkrustete Deutschland aufzurütteln, die alten Strukturen aufzubrechen, neues junges Denken zuzulassen. Dass sie zu falschen Mitteln griffen und sich immer weiter radikalisierten war nicht in meinem Sinne, aber dass Deutschland ein neues Denken braucht, das war auch meine Meinung.

Zusammen mit meinen Freunden habe ich nächtelang diskutiert. Dabei wurde manchmal etwas getrunken, nicht viel, wirklich nicht, alle zusammen vielleicht eine Flasche Rotwein. Und manchmal wurde auch geraucht, eine Hasch-Tüte machte die Runde. Unter diesem Einfluss wurden unsere Pläne konkreter, auch wenn die Erinnerung daran am nächsten Tag ziemlich verschwommen war.

Einen Zettel habe ich im Fotoalbum gefunden, den muss ich in dieser Zeit geschrieben haben denn er hat meine Tanzstunden ebenso wie die Gebrauchsanweisungen von Mutters vielen Tablettenschachteln zum Inhalt. Ich musste lachen, als ich ihn gelesen habe. Und ich möchte ihn dir nicht vorenthalten denn ich denke, dass auch du dich über den Quatsch amüsieren wirst.

Hier also mein pharmazeutisch unterstützter Tanzkurs:

Rück, rück, Wiegerück. Dem Tango und der Hyperkalzämie geschuldet. Rechter Fuß beginnt. Rechts, links, rechts. Herzmuskel links. Beheben des Mangels unbedingt notwendig. Harnausscheidung mit dem Tanzlehrer besprechen. Und zurück in die Arme des Partners biegen. Tan-go-schritt.

Eins, zwei cha-cha-cha. Cha-cha-cha ist gut für die Behandlung von Epilepsie und Schlafstörungen. 20 000 Einheiten mit und ohne Nebenwirkungen. Descristol für den Knochenaufbau. Uund cha-cha-cha. Offene Paarbeziehung, die Arme selber tragen. Mittelkettige Triglyceride, Erdnussbutter, Galantine, Glycerol. Uund cha-cha-cha zum ersten Mal, cha-cha-cha zum zweiten Mal, cha-cha-cha zum dritten Mal, cha-cha-cha die Dame dreht.

Vierviertelaktakt, Fischöl, Foxtrott. Hacke-Spitze, Hacke-Spitze. Drehen, drehen. Der Gigolo mit hartnäckiger Schläfrigkeit, gesteigertem Durst und erhöhtem Harndrang dreht die Dame unter seinem rechten Arm hindurch. Bei ausreichender Nierenfunktion wirken

Und, habe ich dir zu viel versprochen? Ein bisschen Gras und schon geht die Pharmazie mit dem Tanzlehrer aufs Parkett.

Doch zurück zu den 70er Jahren. Brokdorf – das war damals auch so ein Schlagwort. Wiederaufarbeitungsanlage Brokdorf. Demos, Polizeigewalt – alles was dazugehört. 10 Jahre später in Wackersdorf gab's nochmal so ein Szenario. Wir, jung und idealistisch wie wir waren, wir wollten Deutschland retten vor der hausgemachten Atombedrohung und den alten Säcken, die bereit waren für Geld alles zu tun. Kommt dir das bekannt vor, meine liebe Nathalie? Die Um-

weltproteste heute sehen nicht viel anders aus. Wenn der Profit zunimmt nimmt der Verstand ab.

Werner Maihofer hieß der Mann der sich um all die am Anfang positive und im Laufe der Zeit immer mehr eskalierende Gewalt kümmern sollte, Innenminister seines Zeichens. Ein glückloser Bundesinnenminister, so nennt man das wohl bei Politikern. Ich erinnere mich noch an eine Titelseite der Berliner Abendzeitung, Maihofer, die sowieso schon große Nase mit unproportional riesigen, schräg nach oben geschlitzten Nasenlöchern, den sowieso großen Mund weit aufgerissen und in seiner Hornbrille spiegelten sich Blitze. Das hättest du sehen sollen, das hätte dir gefallen. Muss 77 oder 78 gewesen sein, kurz bevor Maihofer zurücktrat und Gerhard Baum Innenminister wurde, der ein besseres Händchen im Umgang mit den Protestierenden bewies.

Zu der Zeit war es als ich in den Wald ging. Ja, du hörst richtig, in den Wald. Am Dillenberg, du weißt schon, da wo ich heute so gerne mit dem Hund spazieren gehe, da ist ein alter Sandsteinkeller. Die Arbeiter haben ihn vormals, als der Steinbruch noch in Betrieb war, als Schmiede benutzt und um nachts ihre Gerätschaften einzuschließen. In diesen Keller schleppte ich eine Liege, Decken und Vorräte. Ich war keine Kämpferin, militantes Herumschreien war nicht mein Ding, deshalb war ein ruhiger Platz für den Protest genau das Richtige. Ich wollte auf meine Weise meine Meinung kundtun. Die Panik in der ersten Nacht werde ich nie vergessen. Die lumpige Tür war natürlich alles andere als sicher. Und die Geräusche des nächtlichen Waldes trieben mir eine Gänsehaut nach der anderen über den Rücken. Geschlafen habe ich nicht eine Sekunde. Stocksteif lag ich unter meiner Wolldecke um nur ja kein Geräusch zu machen das irgendwelchen Untieren verraten könnte, dass ich in der Nähe bin. Nichts habe ich mir in dieser Nacht mehr gewünscht als einen Hund an meiner Seite.

Zwei Wochen, genauso lang wie meine momentane Quarantäne dauert, habe ich dieses Eremiten-Dasein im Wald ausgehalten. Ich musste es aushalten ob ich noch wollte oder nicht. Schließlich hatte ich es großartig angekündigt und wollte nicht als Feigling dastehen. Tagsüber hatte ich viel Besuch, einmal sogar von einem Journalisten der Fürther Nachrichten, der einen Artikel über mich schrieb. Viel zu mickrig und zu kurz um meiner heroischen Tat auch nur annähernd gerecht zu werden.

Nun, Nathalie, bist du stolz auf deine Tante?

Ja, alles wiederholt sich wieder und wieder weil die Menschen einfach nicht schlauer werden und nur durch großen eigenen Schaden klug werden. Und wem hat es schon geschadet dass ich allein im Wald protestierte? Niemandem! Also ist mein Engagement verpufft.

Heute machst du, liebe Nathalie, da weiter wo ich damals aufgehört habe. Du bist Klima-Aktivistin und setzt dich für das Leben auf der Erde ein. Das kann ich dir nicht hoch genug anrechnen, schließlich tust du das ja nicht für dich sondern für uns alle. Ich hoffe inständig, dass dieses Engagement endlich Eingang findet in die Ohren der Politiker. Aber wahrscheinlich ist auch diesmal die Geldgier und das Profit-machen wichtiger als die gemeinsame Menschen-Sache.

Doch jetzt, im Moment, und niemand weiß für wie lange, müssen wir alle sowieso alles zurückfahren. Die weltweite Pandemie zwingt uns dazu. Aber vielleicht ist dieses Innehalten gut, vielleicht haben wir alle dadurch endlich Zeit darüber nachzudenken, was wirklich wichtig ist im Leben.

Und, was ist wirklich wichtig im Leben?

Na, eben leben. Gut leben, gesund leben und das geht mit sehr viel weniger Konsum, dafür mehr Achtsamkeit sich selbst und anderen gegenüber.

Du meine Güte, Natalie, jetzt geht meine philosophische Ader wieder mit mir durch. Verzeih mir. Ich kann dir nichts sagen, was du, mein kluges Mädchen, nicht schon selbst weißt.

Grüß' meine Schwester Carola und deinen Vater und lass' dich umarmen von deiner
Tante Jutta.

Fr., 20.3.

Tagebuchnotizen Norbert Autenrieth

Vormittgas nach Gehsteig Kehren und Gartenarbeit noch Abfall weg – Wertstoffhof noch geöffnet, aber „Blockabfertigung“.
Dann um 12:30 Söder erneut mit sehr guter, der Situation angemessenen Rede, Ausgehverbot: nur noch Einkauf, Arzt und Arbeit. Alle „Zusammenrottungen“ verboten. Jetzt auch ab morgen Baumärkte und Friseure zu – werde etwas „verlottern“. Gut, dass wir baustoffmäßig vorgesorgt haben. Nicht gehamstert! Das Hamstern geht sonst fröhlich weiter. Was das Kontaktverbot betrifft, sind viele Menschen uneinsichtig. Mit Familie medial und fernmündlich in Kontakt.
Gottseidank ist das Spazieren in „Wohnungsgemeinschaftseinheiten“ erlaubt.
Corona-Infektionen gehen auch fröhlich weiter.

Amadé Esperer

CoronAria 1

Ich kann dir jetzt nicht sagen,
während Windwirbel, Windstöße
mir scharf ins Gesicht blasen,
alle Gedanken und Wünsche verwischen.
Das Schicksalsgeflüster gebiert einen Sturm.
Vielleicht erzähle ich es dir nach –

Ich kann es dir jetzt nicht sagen,
während die Welt, die ich mochte
am Untergehn ist und all die Menschen auch,
die ich kannte, gegangen sind.
Das Schicksalsgeflüster gebiert einen Sturm.
Vielleicht erzähle ich es dir nach –

Ich kann es dir jetzt nicht sagen,
wenn selbst ich die eigene Tages-
ordnung nicht kenne. Dich kann ich nicht
erreichen, ich darf nicht reden mit dir.

Das Schicksalsgeflüster gebar einen Sturm,
mitten drin waren
wir

Sa., 21.3.

Tagebuchnotizen Norbert Autenrieth

Heute erster „Quarantänetag“: Um ca. 9:00 Uhr nur zwei Leute (schön im Abstand!) im Brothaus, bei Lidl sehr ruhig. Jetzt Plexiglasscheibe an der Kasse. Wegen schlechten Wetters nicht draußen.
E. räumt im Keller weiter. Hobbyraum „entrümpelt“.
In Italien herrscht langsam das Chaos – über 3000 Tote, Rate fast 10%.

Christa Bellanova

Wie bastele ich mir einen Mundschutz oder: Ihr wisst schon

Heute Nacht habe ich beschlossen, vorausschauenderweise künftig nicht mehr ohne Mundschutz das Haus zu verlassen. Ihr wisst schon, wegen C. Werde das Wort nicht mehr aussprechen, bzw. ausschreiben. Möchte es definitiv vermeiden. Genau so wenig wie ein anderes: nämlich: D.T., (hier deine persönliche individuelle Bezeichnung für diesen Menschen einfügen) aus dem Land mit den drei Buchstaben. Schalte ja auch in der Glotze immer weg oder um, wenn o.g. auftaucht. Zurück zum Mundschutz. Seit Jahren, ach was sag‘ ich, Jahrzehnten, befinden sich in meinem persönlichen Fundus qualitativ hochwertige, unbenutzte – ich schwöre – Leinen-Stoff-taschentücher. Vererbt von der Lieblingstante. OK, einige Mitglieder meiner Familie haben für meinen Fundus ein anderes unschönes Wort, aber das nur nebenbei. Ihr wisst schon. Nebenbei bemerkt habe ich in *meinem Nähkästchen noch etliche Päckchen Gummibänder in verschiedenen Breiten. Wie kommt das? Also es ist so, dass ich aus der Folge-Generation der „Nicht-Wegschmeißer“ stamme. Wenn einem von Kindesbeinen an vermittelt wird, dass „man da noch was draus machen könne“, also aus diesem oder jedem, dann hat sich das innerlich festgesetzt. Da wäscht man sich diese Einstellung nicht so leicht ab. Ihr wisst schon! Klar, das könnte man noch gebrauchen. Jetzt ist es endlich soweit. Aber zurück zum Mundschutz. Es ist alles vorhanden in meinem Fundus, was man dazu benötigt. S.o. Wie gesagt, heute Nacht hatte ich die Eingebung dazu. Gesagt, getan. Anleitungen bzw. Gebrauchsanweisungen zum Mundschutz-nähen gibt es ja einige auf You-tube, für mit oder ohne Nähmaschine, für Anfänger oder Fortgeschrittene. Ich zähle mich realistischerweise zur ersten Kategorie. Ihr wisst schon! Obwohl ich noch wunderbare Halbschürzen und Servietten-Taschen mit Kreuzstich besitze, mit denen ich im Handarbeits-Unterricht in der Schule brillierte. Ich schweife ab. Was war ich gut damals. Die Betonung liegt aus war. Denn soooo einfach ist das nicht mit dem Mundschutz nähen nicht. Glaubt mir. ISSO. Ich möchte das hier und jetzt auch nicht näher ausführen. Aber: in meinen Genen steckt es jedenfalls. Irgendwo verborgen. Ich werde mich NICHT entmutigen lassen. Alles ist machbar in diesen Tagen. Aber ich befürchte, ich werde seh*r lange Zeit NICHT vor die Tür kommen. Ihr wisst schon !!!

Amadé Esperer

CoronAria 2

Wir waren erstarrt
in immer linksdrehender Isotropie
die Wiederholbarkeit des Wägens
wurde absurde Unwägbarkeit
mischkristalline Legierungen
kein Erfolg, sondern Vollversagen
wie alle Theorie im allerheiligsten
Mausoleum dieser eckverknüpften
anthropozynischen Zähne
der Macht

zu unserem Unglück hatten sie nicht
den Schimmer einer Ahnung
was Fremdversprödung bedeutet

und filterten fleißig den Äther
nach ihrer kläglichen
Wohlfühltemperatur

So., 22.3.

Tagebuchnotizen Norbert Autenrieth

Sonntag. 2. Quarantänetag. Die Ministerpräsidenten und die Bundesregierung beschließen ein Kontaktverbot von mehr als zwei Personen, Bayern bleibt bei seiner familienbezogenen Beschränkung.
Auf den Straßen ist es merklich leerer. Nachmittags mit dem Auto bis Seubersdorf – ohne Kontrolle. Zwei Stunden Seubersdorfer-Runde bei Sonnenschein, aber schneidend kaltem Wind.
Schreibe relativ viel und viel Chronik Schule Buchschwabach.

Neu eingerichtete „Befindlichkeitsrunde“:

Helmut Herrmann

Liebe Kolleginnen und Kollegen,

Corona hat, wie euch bekannt sein dürfte, weitestgehend den Literaturbetrieb lahmgelegt. Trotzdem, die Kreativität der Wortkünstler-Gruppe wird auch durch einen primitiven Virus nicht lahmgelegt. Gemeinsam werden wir weiter an neuen und bestehenden Projekten arbeiten. Außerdem gibt es auch irgendwann wieder ein Leben nach Corona.

Ich will euch aber nicht nur Mut machen, sondern auch fragen, wie es euch so geht. Statt eines WK-Treffens sozusagen. Würde mich deshalb freuen, mal zwischendurch von euch zu hören. Schreibt mir doch mal ein paar Zeilen und

wenn ihr wollt, auch im allgemein zugänglichen Verteiler, dass es jeder lesen kann. Kommunikation untereinander ist sehr wichtig. Also, ran an die Tasten.
LG
Helmut

Norbert Autenrieth

Lieber Helmut,

schöne Idee. Ich hoffe, es geht allen gesundheitlich so gut wie mir. Noch verbringen meine Frau und ich die Zeit ohne Langeweile – man darf sich nicht unterkriegen lassen, auch wenn natürlich die versagte Begegnung mit Kindern und Enkeln nicht schön ist.
Wenn euch gar nichts mehr einfällt, dann macht es vielleicht wie in beigefügtem Text ...

Herzlicher Gruß und bleibt gesund!
Norbert

Norbert Autenrieth

Am Fenster
Da schau! Das Fenster hat sie schon aufgemacht. Gleich wird sie das Kissen hinle-gen. Genau. Habe ich doch gewusst. Und jetzt, und jetzt setzt sie sich hin und legt ihre Ellenbogen auf das Kissen und verschränkt die Arme unter ihren dicken Brüs-ten. Hat ja einiges zu bieten. Naja, wer sowas mag.

Wie lange ist ihr Mann schon tot? Drei Jahre sind es bestimmt. Bei mir sind es ja schon fünf, seit meine Anni gestorben ist.

Aber ein Kissen zum Hinausschauen brauche ich nicht.

Gut ist, dass die Frau im Parterre wohnt und ich im dritten Stock gegenüber auf der anderen Straßenseite, sonst könnte die ja glatt in mein Zimmer glotzen. Aber ich, ich kann zu ihr hinüberschauen und wenn ich mich ein bisschen zurücklehne, kann sie mich wahrscheinlich gar nicht sehen. Aber sie schaut ja eh auf die Straße und nicht zu mir hinauf. Ich sehe sie jedenfalls immer, wenn ich mag.

Sie lauert ja immer darauf, dass jemand vorbeikommt. Da, jetzt kommt gerade eine Frau. Jetzt hat sie sie bemerkt. Schau nur an, wie sie die fixiert. Sie lässt sie nicht aus den Augen. Wahrscheinlich wartet sie darauf, dass sie angeredet wird. Da, jetzt hat die Frau sie bemerkt. Sie hat aber auch gleich wieder weggeschaut und ist weitergegangen. Hat sich sicher gedacht: Die spinnt doch mit ihrem Geglotze.

Jetzt kommt ein Mann. Was macht sie denn jetzt? Sie hat ihm gewunken und sagt offensichtlich etwas zu ihm! Er ist doch tatsächlich stehengeblieben und redet mit ihr. Schade, dass man es nicht verstehen kann. Wüsste gerne, worüber die reden. Kennt die den? Sie geht doch nicht aus dem Haus. Ich sehe doch immer, wenn zweimal am Tag der Pflegedienst kommt und am Mittag Essen auf Rädern. Viel-leicht kennt sie den von früher. Könnte sein. Oder sie hat ihn irgendwann vom Fenster aus angesprochen. Und er hat sich darauf eingelassen. Könnte auch sein. Ah schau, schon geht er seiner Wege.

Viele Leute sind ja heute nicht unterwegs. Wonach die wohl schaut, wenn niemand vorbeigeht? Beobachtet die dann den Verkehr? Vielleicht zählt sie, wie viele weiße oder silberne Autos vorbeifahren oder so was ähnliches. Ich müsste mir das aber aufschreiben, weil, ich könnte mir das nicht merken. Man könnte sich ja eine Tabelle machen, zum Beispiel Spalten mit Autofarben: rote, blaue, weiße, silberne usw. und immer einen Strich machen. Oder sie passt auf, wie viele Autos ein Kennzeichen von auswärts haben und woher sie kommen. Ich kann mich erinnern, dass wir als Kinder immer auswärtige Kennzeichen aufgeschrieben haben, Ist ja wirklich kindisch. Aber: Es hat einmal einen Krimi im Fernsehen gegeben, da ist ein Mörder deshalb erwischt worden, weil ein Kind immer die Nummern der Autos aufgeschrieben hat. Sowas gibt es natürlich nur im Film. So ein Zufall ist ja gar nicht denkbar.

Einen Zettel habe ich bei der Frau noch nie gesehen. Es muss doch traurig sein, wird, immer auf die Straße zu schauen?

Da kommt ja die Müllabfuhr. Jetzt stellt die sich direkt vor ihr Fenster! Schon springen die Müllmänner von hinten herunter und holen die Mülltonnen. Sind die schnell! Schon sind zwei ausgeleert und sie holen die nächsten. Bestimmt anstrengend. Und egal, wie das Wetter ist. Wahrscheinlich noch schlecht bezahlt. Schon steigen sie wieder auf. Hoffentlich bremst der Fahrer nicht plötzlich ab,, dann fallen sie vielleicht herunter. Da kann man sich ganz schön verletzen.

Wo ist jetzt die Frau? Das Fenster ist noch offen und das Kissen liegt auch noch da. Wo sie wohl hin ist? Kommt bestimmt gleich wieder, sonst hätte sie das Fenster nicht offen stehen lassen. Im Parterre kann man ja kein Fenster offenlassen. So schnell schaut man heutzutage gar nicht, schon ist einer drin.

Da ist sie ja wieder. Ach, eine Tasse hat sie in der Hand. Hat sich vielleicht einen Kaffee gemacht. Obwohl, den müsste sie schon vorher gemacht haben, so schnell kann man keinen Kaffee machen. Naja, mit einer Espressomaschine ginge das schon. Aber, dass eine alte Frau eine Espressomaschine hat, glaube ich eher nicht. Wo stellt sie jetzt ihre Tasse hin? An, auf das Fensterbrett neben das Kissen. Oh weh. Da muss sie jetzt aber aufpassen, dass sie nicht hinstößt oder das Kissen verrutscht. Dann fällt die Tasse hinunter und sie müsste aus dem Haus. Hoffentlich fällt die Tasse herunter. Dann müsste sie aus dem Haus und ich würde die ganze Person einmal sehen. Da käme dann mal Bewegung in die Sache.

Ich könnte mir ja auch etwas zu trinken holen. Durst hätte ich schon. Aber bis ich dann wieder am Fenster bin, versäume ich vielleicht etwas.

Jetzt sitzt sie schon lang an ihrem Fenster. Dass ihr das nicht langweilig wird? Jetzt nimmt sie ihre Tasse und ihr Kissen ... Sie wird doch nicht? Tatsächlich. Jetzt macht sie das Fenster zu. Weg ist sie. Schade.

Also, ehrlich: Ich weiß nicht, wie man sich den ganzen Tag aus dem Fenster lehnen kann. Das ist doch das Letzte.

Ein bisschen bleibe ich noch. Vielleicht kommt sie ja wieder.

Christine Rieger

Guten Abend, liebe Wortkünstler,

vielen Dank an Dich, Helmut – Deine „Befindlichkeitsrunde“ ist eine tolle Idee. Und ein zweites „Dankeschön“ an Norbert für die aufmunternde Geschichte!
Keine Sorge – so weit wird es bei mir ganz sicher nicht kommen, dass ich aus dem Fenster hänge – weder mit noch ohne Kissen. Dazu habe ich überhaupt keine Zeit – schließlich bin ich Hausfrau. Und Autorin ...
Ich habe schon eine Geschichte „verzapft“ – leider bisher nur eine. Aber da ich davon ausgehe, dass der „Hausarrest“ nicht nach 2 Wochen zu Ende ist, habe ich noch einen Haufen Zeit.
In den letzten Tagen habe ich mich erst mal meiner Küche gewidmet – die hat so laut geschrien, dass sie geputzt werden will, dass ich schon fast taub davon war! Und heute habe ich mich mit der Verlängerung meines Handy-Vertrages und der Beschaffung eines neuen Handys befasst. Ist ja gar nicht so einfach, nachdem die Elektronik-Märkte und die Telekom-Shops verwaist sind. Aber – wo ein Wille ist, ist meist auch ein Gebüsch ... **grins**
Wenn ich Glück habe, kriege ich morgen mein neues Handy geliefert und der Vertrag ist auch verlängert. Wer sagt‘s denn ...
Auf alle Fälle – mir geht es gut. Meinem Mann auch. Bis jetzt vermisse ich den „Ausgang“ nicht sehr. Wenigstens muss ich mir jetzt keine Ausrede einfallen lassen, wenn ich keine Lust habe, vor die Tür zu gehen!

Ich hoffe, auch Euch und Eure Lieben hat das vertrackte Virus bis jetzt in Ruhe gelassen. Passt auf Euch auf und bleibt alle gesund!

Liebe Grüße
Christine

Christa Bellanova

Heute musste ich die Apotheke aufsuchen. Pflaster für die zerstochenen Finger besorgen. Ihr wisst schon, s.o.
Und was seh ich groß angeschrieben auf dem Aufsteller vor der Apotheke?
(heute Mundschutz verfügbar, waschbar). Selbstverständlich habe ich zugegriffen. Ich schreib' jetzt natürlich nicht, was der gekostet hat. Aber von dem Geld hätte ich in Normalzeiten locker eine Kinokarte erwerben können, zusammen mit Popcorn und ner Cola. Meine Finger und meine Nerven waren mir das wert. So schaut's aus. Ihr wisst schon.

Christa L.A. Bellanova

Mo., 23.3.

Tagebuchnotizen Norbert Autenrieth

Alles sehr ruhig – Nachrichten ausschließlich Corona. In ganz Europa praktisch Ausgangssperren. Merkel in Quarantäne wg. Verdachts.
Zu Fuß zur Apotheke: sogar Desinfektionstüchlein bekommen. Rathaus gesperrt. E. nachmittags spazieren. Einladungskarten von Florian geholt. Ob unsere Feier wohl stattfinden kann? Aber bis Juni wird sich doch hoffentlich alles beruhigt haben! In Italien Chaos – kommen mit den Todesfällen nicht mehr zurecht. 1860 – 1870 Chronik Buchschwabach fertig.

Amadé Esperer

CoronAria 3

Alles unversehrt Begehrte
alles abends galant Versprochene
alles Gute alles jemals Verbrochene

war

mit einem Schlag be-
deutungslos die Zukunft
herumirrend im Echo
wie es wurde   was es war
was man sagte   was es wäre
schien   worin es irrte

nur noch

die Hälften des Lebens
flatterten knatternd im Wind
der Beatmungsmaschinen

Di., 24.3.

Tagebuchnotizen Norbert Autenrieth

Keine Verbesserung der Lage abzusehen. Spanien und Italien sind im Katastrophenmodus, auch bei uns werden Schutzanzüge und Mundschütze knapp – sind von wenigen Cent pro Stück auf bis zu 9 € gestiegen, ach ja, der Kapitalismus! Regierung legt 150 Mrd. Euro Programm für die Wirtschaft auf, Schuldenbremse gerissen, auch in der EU. Amerika hat Riesenschwierigkeiten, Trump gibt endlich zu, dass es solche gibt.
Heute vormittags in Erlenbruch Fernabrünst: Wie immer eine Bank in dieser Zeit: Schlüsselblumen und Sumpfdotterblumen für den Teich. Der Specht klopft.
E. restauriert alles, was sie in die Finger bekommt. Ist ja auch gut so. Heute meinen Schreibtisch – muss mich natürlich dranhängen.

Petra Embacher

Lieber Helmut, liebe Wortkünstler*innen,
vielen Dank auch von mir für die tolle Idee und das bisherige Teilhabenlassen an Empfindungen und Erlebnissen in diesen etwas anderen Zeiten.
Bei mir sind diese anderen Zeiten noch gar nicht so richtig angekommen. Bis gestern bin ich zwischen Weisendorf und Erlangen, zwischen Haus und mütterlicher Wohnung, Supermärkten (in denen ich angesichts der leergefegten Toilettenpapierregale stimmungsabhängig belustigt oder verärgert auf das unsoziale Verhalten mancher Mitbürger reagiere), Wertstoffhof und Baumarkt (beides leider nur

bis letzte Woche), Wohnung und Haus hin- und hergedüst (Freude bereiteten dabei v.a. die niedrigen Benzin-Kosten). Nun ist die Wohnung übergeben und ich kann mich wieder mehr dem eigenen Haushalt widmen, diversem Schreibkram und meinem Buchprojekt, der Wiederherstellung verlorengegangener Mailverteilerlisten, weil sich zwischendurch auch noch mein PC in den Ruhestand verabschiedet hat, und und und ...
Und freue mich, endlich mal wieder einen längeren Spaziergang unternehmen zu können, im Garten zu werkeln, die Bücherstapel abzu"arbeiten" ...
Und bin froh, dass ich noch irgendwo eine Packung Haarfarbe gelagert habe (wer weiß, wann meine Friseurin wieder arbeitet) angesichts all der grauen Haare, die mir evtl. in der nächsten Zeit noch wachsen werden. Spätestens, wenn der Toilettenpapiervorrat aufgebraucht sein wird.
Dank der modernen Medien, die wir mitunter verteufeln, können wir uns (und unsere Gedanken und Texte) auch mit Ausgangsbeschränkungen gut austauschen.
Bleibt Ihr alle und Eure Familien gesund und gelassen, auch wenn die momentanen Einschränkungen länger andauern werden als nur bis zum Ende der Osterferien.

Herzliche Grüße
Petra

Korbi M. Reinders

Hallo, Kollegen und Kollega,
Ein direkter Nachbar hat nach seinem Ski-Urlaub 14 Tage Quarantäne aufgebrummt erhalten. Das heißt, er geht je-

den Tag raus! Wir haben uns schon etwas gewundert, aber gut – wir sind ja sozusagen auf dem Dorf.
Meiner Gemahlin und mir geht es wie bisher: ausgezeichnet. Ich bin dabei, den Komposthaufen umzusetzen, was gar nicht so einfach ist – das Zeug ist zur Zeit bis in den Nachmittag hinein gefroren. Vertikutiert und gedüngt habe ich meinen Prachtrasen auch schon. (Sorry, eigentlich müsste ich „Gras" schreiben – wir haben halt keinen Rasen. Der wäre englisch und zu dem musst du „Sir" sagen.)
Unsere auswärtigen Aktivitäten beschränken sich also auf Einkaufen, Post in den Kasten werfen, zum Arzt gehen. Da habe ich gestern was Nettes erlebt: Beim Doktor meines Vertrauens sind sie alle mit blauem, allseitig offenem Mundschutz und Regenmänteln rumgelaufen. Gut, vielleicht kann man damit Aerosolwolken von Patienten unschädlich machen. Jedoch der Arzt selbst ist wie immer hemdsärmlich und ohne Schutz neben mich an die Anmeldung getreten. Erst als die Dame hinter dem Tresen was gesagt hat, ging er etwas beiseite. Verrückte Zeiten.
Bei meinem jüngsten Werk, „TF" habe ich momentan einen kleinen Stau – es fließt nicht so recht. Also viel frische Luft, Knoblauch nicht vergessen und schön Abstand halten. Denn dieses Virus will ich mir nicht einfangen.
==> Übrigens at: Helmut: Viren sind leider nichts «primitives», sondern sehr komplexe Maschinchen, wie das ein von mir geschätzter Autor genannt hat.
Bleibts gesund, viel Alkohol hat schon bei der Pestepedemie geholfen! Prost Gemeinde

Euer Korbi

Anna Neder-von der Goltz

Lieber Helmut, liebe Wortkünstler*innen,

auch ich finde die Idee einer „Befindlichkeitsrunde“ schön. Man möchte einfach manchmal wissen, wie es den anderen, wie es Euch ergeht und was Ihr in dieser Situation so macht. Lieber Norbert, nach dem Lesen Deiner Geschichte, witzig wie immer, frage ich mich, wo Du Dich gerade in dem Moment befindest. Auf einem Gartenstuhl in der Sonne, am Schreibtisch, oder wie Christine beim Küche putzen :-), oder doch eher dort, von wo aus, der Mann in Deiner Geschichte die Welt betrachtet? Der Radius wird kleiner.
Ja, und es fällt mir schwer.
Mein Radius beschränkte sich bereits ab dem 10. Februar, nach einem Unfall meines Mannes auf den täglichen Weg zwischen Krankenhaus und Zuhause. Nach seiner voranschreitenden Genesung freute ich mich sehr auf unsere Autorentreffen, Lesungen u.a. Kontakte, als schließlich genau zu diesem Zeitpunkt die ersten Ausgangsbeschränkungen, die ich für gut und richtig halte, kamen.
Wie vergrößere ich also meinen Radius in diesen Zeiten?
In meinem Alltag hat sich nicht viel verändert: Ich gehe eine Stunde in den Wald, freue mich über die Sonne, danach an meinen Schreibtisch und hoffe bald meinen zweiten Erzählband abschließen zu können.
Mehr in den Focus geraten sind hingegen für mich der blühende Garten vor der Wohnzimmertür, ein gutes Essen, Zeit zum Kochen und Backen, Netflix Serien schauen (Anne with an E“, sehr zu empfehlen), ein gutes Buch (z.Zt. „Alte Sorten“ von Ewald Arenz) und das tägliche Telefonieren mit Freundinnen und Freunden über ein analoges

Festnetz :-) und natürlich der Mailkontakt zu Euch und untereinander.
Dies alles weitet auf ungewöhnliche Weise meinen Blick auf die Welt und füllt die Zeit des Wartens mit neuen Erfahrungen und Eindrücken. Ich bin gespannt und dankbar zugleich.
Bleibt gesund!

Herzliche Grüße aus dem schönen Mögeldorf, sozusagen aus der Nähe von Markus Söders „homeoffice", sendet Euch allen
Anna

Margit Heumann

Liebe Wortkünstler,

dass wir jetzt in Wien sind, war geplant – allerdings wissen wir noch nicht, ob wir wie vorgesehen Anfang April nach Nürnberg fahren. Vorm Zugfahren (falls die Bahn noch fährt) habe ich weniger Bedenken, aber wir würden von der österreichischen Ausgangsbeschränkung in die fast identische bayerische wechseln. Viel Sinn macht das nicht. Aber nix ist fix. Ebenso wenig wie in der Politik, der Wissenschaft und der Statistik – alle können nur von Tag zu Tag die Lage neu bewerten. Eine Situation, die in unserer hochtechnisierten, durchorganisierten Welt noch nie dagewesen ist, zumindest so weit ich zurückdenken kann, und das ist schon ziemlich lange.
In A wurden die ersten Maßnahmen schon am 9. März gesetzt und am 16. März die Ausgangsbeschränkungen verhängt. Es war wie bei euch: Hamsterkäufe, leere Super-

marktregale (besonders Nudeln, Konserven, Eier, Toastbrot und natürlich Toilettenpapier und Küchenkrepp!), dramatische Nachrichten über Schutzausrüstungen, rührende Aufrufe, die Großelterngeneration zu schützen, sich überschlagende Pressekonferenzen, Interviews und Talkrunden (ich wusste gar nicht, dass es so viele Virologen gibt) und nicht zu vergessen und die hübschen Balkendiagramme, Grafiken und Kurven der Statistiker, die sich zum Teil widersprechen.
Trotzdem schaue ich so viele Nachrichten wie nie, man will ja nichts versäumen! Zum Einkaufen gehen wir natürlich und auch eine Stunde Radfahren (ich) und Walken (Ernst) oder Spazieren (beide), der Frühling ist mit Macht ausgebrochen und wir haben den Donaukanal und den Grünprater praktisch vor der Haustüre. Auch Zeit zum Schreiben ist da, daneben mehr Telefonate, mehr WhatsApps und E-Mails – ein Hoch auf die moderne Technik, die uns reichlich Möglichkeiten der Kontaktpflege bietet.
In solchen Situationen hilft mein Gelassenheitsspruch:

Sorgen
Nur ein Narr wacht Nacht für Nacht
und macht sich unnötig Sorgen.
Am Morgen ist er müde
und geblieben sind seine Sorgen.

Stammt natürlich nicht von mir, sondern aus der Lieder-Edda, herausgegeben von Matthías Vidar Saemundsson, So sprachen die Wikinger. Bleibt frohen Mutes und gesund, ich freue mich jetzt schon auf das nächste Treffen live.

Liebe Grüße, auch von Ernst, Margit

Mi., 25.3.

Tagebuchnotizen Norbert Autenrieth

Man mag den Katstrophennachrichten kaum mehr zuhören, -schauen. In Italien geht man dazu über, über 80jährige nicht mehr zu behandeln. In Amerika liegt New York still, die Börse auf Talfahrt. Wirtschaftlich scheint es wirklich bergab zu gehen. Wie gut ist da „unsere kleines Glück" zu zweit. Wir habe das Haus, in dem wir uns beschäftigen können, die Versorgung ist gut – außer mit Klopapier und Hefe. Auch die Kinder sind gesund, wir korrespondieren miteinander.
Schreibtisch wieder eingerichtet und manches umgeräumt.
Nachmittags in Sonne und eiskaltem Wind zum Schöner-Weiher.
Abends auf Anregung von E. Prosecco zur Feier von vier restaurierten Zimmern und Rommé.
Ach ja, ARIEL ist im Netz.

Malwine Markel

Ihr Lieben,
tolle Idee auf diesem Wege uns zu unterhalten, uns mitzuteilen was uns bewegt, wie es uns geht, ob wir gesund sind und was unsere Gedanken sind. Ja das leidige Toilettenpapier. Ich hatte so meine liebe Not meinen Mann davon zu überzeugen das wir genug Toilettenpapier haben. Wir brauchen uns nicht darum zu streiten im Geschäft, oder hinterherzujagen. Und dass es wieder welches gibt, wenn die Ängstlichen meinen sie hätten genug. Denn es wird ja hier in Deutschland produziert. Glücklicherweise

behielt ich Recht und letzten Samstag haben wir welches gefunden, und die Regale waren nicht mehr so gähnend leer. Nicht das wir welches gebraucht hätten, aber zur Beruhigung meines Mannes. Ansonsten sind wir gesund und traurig weil wir jetzt nicht zu unserem Enkel fahren können nach Baden-Württemberg zu seinem 1. Geburtstag. Gleichzeitig aber froh das diese kleine Familie gesund ist. Ja ich höre jeden Tag meine zwei kleinen Nachbarskinder in der Wohnung rumtoben. Es ist nicht leicht für diese beiden Rabauken, aber es muss halt sein. Manchmal sind sie auch kurz draußen, dann freue ich mich mit ihnen.
Sonst hänge ich viel am Telefon, mache den Haushalt, surfe im Internet rum, schreibe, plane für den Sommer und bin dabei ein Buch zu Rezensieren für eine Zeitung. Ach ja und Akten aufräumen steht noch an und putzen soweit ich es darf. Staub wischen geht.
Freue mich das es euch gut geht. Bin traurig das wir nun keine Lesungen haben, die ja aber verschoben sind.
Möchte jemand bei einem Wettbewerb mitmachen? Gebe euch mal schnell die email-adresse: blattwerk@blumenorden.de
Jeder der älter als 23 Jahre ist, der in Franken wohnt und lebt und der Autor ist darf daran teilnehmen an diesem Wettbewerb den der Pegnesische Blumenorden ausgeschrieben hat. Wenn Interesse holt euch die Infos.
Bleibt gesund und lasst euch von der derzeitigen Lage nicht verrückt machen. Wir sehen uns in alter Frische wenn diese Zeit überstanden ist. Bis dahin «sehen» wir uns hier oder auf facebook.

Liebe Grüße
Malwine

Korbian M. Reinders

Hallo, Kollega (das ist unbestimmtes Plural *g)
Ich habe den Morgen mit Frühstück und Vogelschau verbracht. Es ist faszinierend, was sich alles im Garten tummelt. Eines der Vögelchen kann ich überhaupt nicht zuordnen – äußerlich ist es ein Dompfaff, aber die Farben sind total anders. Ich habe ihn Orangenpfaff genannt. Und weil es langsam, aber unaufhaltsam Frühling wird, habe ich das letzte meiner Vogelhäuschen restauriert – es hat durch diverse Schnäbel sehr gelitten und war aufgequollen. Jetzt hat es einen Anstrich aus flüssigem Kunststoff bekommen – den Vögeln ist die Farbe ja recht egal. Wenn es trocken ist, wird es aufgehängt – der Kirschbaum wartet schon.
Dem Habitat nach, sieht dieser Vogel aus wie ein Gimpel – aber er hat (das kommt auf dem Bild nicht so raus) eine orangengelbe Brust (statt rötlich) und das Rückengefieder zeigt ein Rautenmuster (die andern sind glatt).
Die Frage stellt sich: und wovon träumst du?

lieben Gruß Korbi

Walter Tausendpfund

Medien – Bombardement

Seeng dusd nix...,
derfn dusd ned vill,
wardn moußd...
Dooch und Wochn,
villaichd a Monad...

Doch im Fernseeh hoggens rum...
in de Fräih und am Oumd
(und dezwischn drin aaa)
und redn suu gschaid,
bloß kaaane waas wos genaus....

Aa Sondersendung joochd die ande...:
Deer sachd dees,
däi sachd aa suu wos,
doo kumdd e ganz Gschaide...
Und eds aa no dä...

Jede waaß was,
dud wengsdens so,
jede sachd wos,
maand, dass sai mou...

In Idalien derfns nimme naus,
singe aaf de klan Balkone,
gladschn Beifall
fier di schdumme „Heldn“ in de Nod...

Glai werd Geld rumgschoom,
ned Tausende,
ned Millione,
na Milliardn mäins scho sai...
odde aa nu meehre...

Kontrolle

Dann kumme di Vorschrifdn,
wos me no derf
und wos ned,
emool dees,
dann dees,
wos gwieß,
waaß kaane genau...

Dees Fesd is gschdrichn
däi Agdsion abgsachd,
dees Konzerd felld aus,
Dichde hoggn deham am Diisch,
Houmoffice is oogsachd,
Kinne lerne am Dabledd...

Obs wos bringd,
is ned so ganz kloor,
wenn's no digidal is,
dann is scho goud...
Soong jednfalls
die ganz Gschaidn!

Eds hogg me doo
und schaue dummdabed zou…
Verordnunge kumme,
Veänderungse in aane Duur…

Di Bolzei bassd aaf,
badrollierd,
maahnd,
warnd,
beschdrafd aa,
wenn's sai mou…

Do., 26.3.

Tagebuchnotizen Norbert Autenrieth

Vormittags Apfelbaum geschnitten. Viel Zeit damit verbracht, Videoaufnahmen zu machen für stream forward und dann noch mp3 für ARIEL. Viel gelernt, alles nicht so einfach. „Queen Elisabeth“ Bastelbogen begonnen.

Norbert Autenrieth

Erfahrungen als Filmemacher
Da ich ja nichts auslassen kann, habe ich mich, als ich die Email der Stadt Nürnberg erhalten habe, sofort entschlossen mitzumachen. Als Macher etwas zu machen, was ich noch nie gemacht hatte. Ein Video zu drehen. Das Kulturamt hatte dazu aufgerufen, in Corona-Zeiten etwas für die Bewerbung „Past Forward“ zur Kulturhauptstadt Nürnbergs beizutragen. Sogar gegen Honorar. „stream forward“ hieß die Aktion. Man sollte ein Video mit einer eigenen „Lesung“ herstellen und hochladen.
Die Textauswahl kein Problem. Arrangement für die Aufnahme schnell gefunden: Schreibtischstuhl vor das Bücherregal, Tischchen davor – welch bessere Kulisse für einen belesenen Autor könnte es geben! Smartphon schräg auf Tischchen gestellt: Burstbildformat – sehr gut.
Die Frau informiert: „Bitte nicht stören. Mache jetzt die Videoaufnahme für die Stadt Nürnberg“. Arbeitszimmertür geschlossen, über mögliche Störquellen nachgedacht. Telefon ausgeschaltet. Feuchte Hände. Beim ersten Mal nicht auf Start gedrückt, beim zweiten Mal zweimal versprochen, bei dritten Mal gegen den Tisch gestoßen, beim vierten Mal

„im Kasten", wie der Profifilmer sagt. Hat gedauert. Mit dem entstandenen Produkt leidlich zufrieden, auch keine Lust mehr auf ein fünftes Mal. Ein bisschen von unten aufgenommen – macht vielleicht einen etwas mystischen Eindruck. Nun soll das Ganze noch auf den Laptop übertragen. Immerhin über 500 MB – kein Emailversand möglich. Also über Wetrans. Dauert.
Nun auf dem Laptop Kotrollbetrachtung. Ich höre mich, aber sehe mich nicht. Suche nach den Ursachen und die Internet-Recherche ergibt: Von Apple erzeugte .mov-Dateien lassen sich auf Windows nicht ohne Weiteres abspielen. Also: Nach Programm gesucht, mit dem man .mov-Dateien in .mp4 umwandeln kann. Natürlich kostenlos. Dauert. Nach längerem Suchen fündig, Umwandlung funktioniert nach etlichen Fehlversuchen endlich. Dauert. Jetzt nur noch in .zip-Datei umwandeln. Das geht verhältnismäßig zügig. Bleibt das Versenden. Kurzbeschreibung beifügen und Video über angegebene Adresse hochladen Zunächst kein Fortschritt. Dauert. Nach mehreren Versuchen schreitet die Sache voran – weiß aber nicht, warum es jetzt funktioniert. Man muss nicht alles wissen.
Es hat gedauert. Inzwischen sind drei Stunden um.
Welch Freude! Email-Bestätigung, dass das Filmchen angekommen ist. Mit gewissem Stolz zur Frau: „Jetzt kannst du mich im Netz sehen. Habe wieder was gelernt!"
Am Tag darauf nächste Nachricht per Email: „Leider ist Ihr Video im Hochformat aufgenommen. Hochformate können nicht in youtube geladen werden."
Gleicher Prozedur von vorn im Querformat, diesmal genügen zwei Aufnahmeversuche. Übertragen, umgewandelt, hochgeladen und bestätigt. Ging schneller. Was gelernt.

Geschafft! Film ist in steam forward. Jetzt eine Werbemail an alle, die es interessiert oder nicht. Ach, so viele positive Rückmeldungen! Wer hätte das gedacht. Aber gehofft.
Mein Sohn, von Beruf Photograph: „Bitte keine Aufnahmen von unten nach oben. Da verzerrt sich ja alles. Die ganze Mimik stimmt nicht mehr. Macht man nicht.“
Das nächst Mal. Falls es ein solches gibt.

Manfred Seifert

Die Würde des Menschen ist altersabhängig

Aus Italien und Spanien wird berichtet, dass viele in den sozialen Berufen fast ohne Unterbrechung bis zur völligen Erschöpfung arbeiten. Auf den Intensivstationen müssen Entscheidungen getroffen werden, wer noch Überlebenschancen hat, wenn er weiter beatmet wird. Das Gesundheitssystem steht ohnehin kurz vor dem Kollaps. Ärztinnen und Ärzte, Krankenschwestern und Pfleger, das gesamte medizinische Personal in Krankenhäusern, Altenheimen und Praxen im ganzen Land, sie alle werden in diesen Tagen und Wochen gebraucht wie nie zuvor. Plötzlich scheint auch bei uns eine gewisse Wertschätzung da zu sein, die vorher bestenfalls in blumigen Politiker-Sonntagsreden und Talkshow-Nebensätzen mal so im Vorbeigehen eingeflochten wurde, meist mit einem etwas mitleidig wirkenden Unterton. Selber schuld, quasi, wenn man nicht studiert hat oder zumindest Facharbeiter in der überdurchschnittlich gut bezahlten Autoindustrie wird. Genau diese Branche wird ja auch zuallererst mit schnellen staatlichen Hilfsprogrammen bedacht, wenn mit Produktionsausfällen, Kurzarbeit und Umsatzeinbußen gedroht wird. Unsere Maßstäbe sind verrutscht, schon lange. Wie wird es wohl mit dieser Wertschätzung für die sozialen Berufe aussehen, wenn das Schlimmste an dieser Pandemie einmal überstanden ist? Kann es in diesem Bereich je wieder einen Normalbetrieb geben? Was werden wir über Bord werfen müssen, von welchen Verirrungen werden wir uns befreien müssen, was muss kommen, was wird bleiben? Reden wir über Geld, heißt eine regelmäßige Interview-Seite im Wirtschaftsteil der SZ. Natürlich fordert darin eine 60-jährige Krankenschwester auch mehr Geld, vor allem aber schildert sie in drastischen Bildern die Arbeitsbedingungen in der Altenpflege, bevor noch mehr Personal in den Pflexit flüchtet. „Gewalt ist Alltag, physisch und psychisch. Das Grundgesetz ist außer Kraft gesetzt in Altersheimen."

Fr., 27.3.

Tagebuchnotizen Norbert Autenrieth

Einkauf, mit Klopapier! Keine Hefe. Man glaubt es nicht. Wieder mal Aufnahmen Video. Nachmittags mit E. zu S.: Kuchen gebracht in den Garten. Anschließend über Talgrund bis Freiheit und zurück.
Heute höchste Infektionsrate in Deutschland: über 6000. Abends Bastelei „Queen Elisabeth".

Walter Tausendpfund

Mund-Nasen-Maskn sind edsd Bflichd

E nais Deema sen eds di Maskn.
Schüdsdn soll me di andern,
mid Düchle im Gsichd,
alles koosd neehme
e Schal und e Düchle,
schneidern koosd selbe
odde aa basdeln...

Blooß kaafn koosd kaane,
gid's nu ned gnouch...
die Gschefde hom kaane,
Abodeeng scho glai goor ned...
deesweeng werd's ned veordned,

derfs freiwillich sai...
abbe droong sollesde se...
Bloß wer machd dai saube,
bai 60 Grod odde 90,
genau waaß kaane wos gwies...

Su is hald di Zaid:
Gmachd werd vill,
gred nuu vill mehr,
bloß waaß kaane wos gwies...

Sa., 28.3.

Tagebuchnotizen Norbert Autenrieth

Infektionszahlen steigen weiter. Amerika hat inzwischen alle „überholt".
Ein bisschen Einkauf: Bier, Post.
Wandern in Ettenstatt „Märzenbecherwald" und „Steinerne Rinne" bei 18 Grad. Schöne Gegend, kaum jemand unterwegs. Morgen soll es schon wieder kalt werden.
Abends „Queen". Sommerzeit ab morgen.

Jutta Dörnhöfer-Schneider

Liebe Wortkünstler und Wortkünstlerinnen

nun habe ich extra mit meinem Beitrag gewartet, bis meine Stimmung besser ist. Ist sie aber nicht und ich schätze, sie wird es in absehbarer Zeit auch nicht. Wozu also warten? Ich werde mir Mühe geben, nicht allzu sehr Düsterness zu verbreiten.
Ja, die Lage ist ernst, das wird uns täglich mehrmals auf allen Medienkanälen vermittelt. Wie ernst ist es wirklich? Verschweigt man uns was? Steckt irgendwer oder –was dahinter? Wer möchte, kann sich in diesen Zeiten zuhauf mit Verschwörungstheorien befassen. Offensichtlich ist es für das menschliche Unterbewusstsein leichter, sich vorzustellen, irgendeine Macht, von menschlicher Intelligenz gesteuert, übernimmt das Ruder, als sich der Tatsache zu öffnen, dass wir es mit einem unsichtbaren Feind zu tun haben, dessen "Handeln" nicht vorhersehbar, schwer zu

verstehen und nur mit höchstwissenschaftlicher Kompetenz VIELLEICHT zu besiegen ist.
Komplizierter Satz – angemessen für die komplizierte Lage.
Ich persönlich vertraue unserem Staat, unserem Gesundheitssystem, unseren Politikern und unseren Wissenschaftlern. Warum? Weil ich keine andere Alternative sehe und weil ich keinen besseren Vorschlag habe. Alles, was wir tun können, ist das Befolgen der Vorgaben. Ich halte es mit "Uns-Söder": "Vielleicht machen wir Fehler, aber wir tun das, was wir im engen Kontakt mit der Wissenschaft für das Beste halten." Was wir als Bevölkerung dazu beitragen können, müssen wir beitragen. Die Mehrzahl der Menschen tut das auch. Vorbildlich wie ich finde. Schaue ich nach Italien und Spanien, überkommt mich nicht nur tiefes Mitgefühl, sondern auch die blanke Panik. Wie mittlerweile bekannt wurde, halten sich die Italiener leider nicht so konsequent an die Vorgaben. Das soll uns eine Mahnung sein. Stay at home, heißt die Devise. Das gilt nur für den, der kann.

Meine Söhne können nicht. Der Ältere arbeitet in der öffentlichen Verwaltung .. Dort wird kein Homeoffice gemacht, man ist technisch nicht darauf vorbereitet und sein Arbeitsbereich gehört auch nicht zu den Ämtern, die momentan geschlossen haben. Auch eine Art von Systemrelevanz, die sich mir nicht so ganz erschließt, aber gut.
Mein Jüngerer ist Altenpfleger. Dazu hat er die Ausbildung zum Intensivpfleger und als Hygienefachkraft in der Klinik und wartet täglich auf die Abberufung ins Krankenhaus. Bis dahin arbeitet er mit seinen KollegInnen wirklich mit hohem Aufwand daran, dass ihren Schützlingen nichts

passiert. Am Anfang gab es unschöne Diskussionen mit den Angehörigen, die das Besuchsverbot nicht akzeptieren wollten. Das Heim hatte es schon vorher verhängt, bevor es staatlich verordnet worden war. In einigen wenigen Fällen musste Hausverbot ausgesprochen werden.
Die Einrichtung muss Betten (mit Sauerstoffkapazität) freihalten für den zu erwartenden Ansturm, der hoffentlich ausbleiben möge.
Meine Eltern kontaktlos mit Mahlzeiten zu versorgen, schaffen wir ganz gut. Mein Vater muss operiert werden, das geht momentan nicht und wir hoffen, dass er nicht notfallmäßig ins Krankenhaus muss, denn dann könnte ich ihn ja nicht einmal besuchen.
Ich selbst habe eine Mandelentzündung. Am Freitag wurde ein Corona-Test bei mir gemacht. Unter Quarantäne bin ich trotzdem nicht, was ich nicht ganz verstehe. Aber ok. Ich lebe ohnehin schon seit unserem Treffen und der Lesung im Buni am nächsten Tag zurückgezogen, habe kaum Kontakte.
Momentan befasse ich mich mit dem Thema "Mundschutz nähen". Falls es soweit kommt, dass die Risikogruppe (gehöre aufgrund Vorerkrankung und Alter leider dazu) nur noch mit Mundschutz raus darf ... kaufen kann man ja keinen.
Ich beschäftige mich auch mit der Frage, wie es wohl nach Corona weitergeht. Wie schaut die Welt danach aus. Im Großen und im Kleinen, sprich im persönlichen Umfeld. Werden Sterbefälle in der Familie zu beklagen sein? Wie wird es wirtschaftlich aussehen? Kommen die kleinen, mittleren und großen Firmen wieder auf die Beine? Wie lange begleitet uns die Gefahr des Wiederaufflackerns des vermaledeiten Virus`? Immer öfter hört man von einer

Zeitspanne von 2 Jahren und man muss kein Pessimist sein, um das für möglich zu halten.
Aber es macht sich in mir auch Hoffnung breit. Nicht nur darauf, dass in meinem engen und weiteren Umfeld "alles gut geht". Ich hoffe darauf, dass sich in der Gesellschaft etwas ändert. Wie und was, das kann ich momentan noch nicht so gut benennen. Das wäre vielleicht ein Thema für einen extra Text. Auf jeden Fall haben meine Träume viel zu tun mit dem Reduzieren von Anspruchsdenken und mit einer verstärkten Wertschätzung von Dingen, die in den vergangenen Jahren und Jahrzehnten mit Füßen getreten wurden. Dazu gehört auch der Klimaschutz und alles, was damit zu tun hat. Ich hoffe, dass die Grenzen wieder geöffnet werden können, dass das vereinte Europa keinen Schaden genommen hat und dass in der Politik wieder mehr soziales Bewusstsein im Mittelpunkt steht.
So, ich habe fertig. Es tut mir sehr leid, dass ich euch nicht belustigen konnte. Wenn ich besser drauf bin, melde ich mich wieder, versprochen.

Ich wünsche Euch allen Alles Gute!! Bleibt gesund und mental stark.

Eure Jutta

Norbert Autenrieth

Hallo, liebe Literaturschaffende,

damit habe ich wenigstens eine gendergerechte Überschrift gefunden. Obwohl das im Moment wohl unsere

geringste Sorge ist. Tja, man wurstelt sich so durch den Tag. Habe den Eindruck, Vieles macht man jetzt bewusster, vielleicht auch intensiver, obwohl es eigentlich sonst Routine ist, zumindest jahreszeitüblich. So bin ich in „meinem" Erlenbruchwald – ein Geheimtipp! – spazieren gewesen und habe mich an dem fast verblühten Seidelbast, ab dem Wechsel von Violett und Gelb von Leberblümchen und Schlüsselblumen erfreut, wie das Bedürfnis von meiner Frau und mir, viele Zeit mit Spazierengehen und Wandern zu verbringen, zugenommen hat. Wie sagt Biermann: „Und was verboten ist, das macht uns grade scharf." Wir sind natürlich nur zu zweit unterwegs, um da keine Missverständnisse aufkommen zu lassen.
Und natürlich ist jetzt auch Zeit für die Restaurierungs- und Verschönerungsarbeiten: Keller streichen, Möbel auffrischen, Garten wursteln ... Und ich habe seit Jahren wieder einmal angefangen, Papiermodelle zu bauen – man kann ja nicht nur denken und Befindlichkeitsbriefe schreiben. Zur Zeit bastle ich ein Schiffsmodell der „Queen Elisabeth" und wenn es fertig ist (was schon einige Zeit dauern wird), werde ich es mit meine Enkeln und Enkelinnen zusammen, pardon mit den Kindern meiner Kinder, in einem Weiher versenken. Haben wir schon mit der „Titanic" getan. Hat großen Spaß gemacht.
Ihr seht, langweilen tue ich mich nicht (Welch Deutsch!)
Für euch zur Unterhaltung ein wenig Gender und, damit ihr mich auch wieder hören könnt, ganz unbescheiden ein Gedicht, das in der neuen internationalen Literaturzeitschrift ARIEL erscheinen ist. (www.ariel-art.com)

Herzlicher Gruß, bleibt schön gesund!
Norbert

So., 29.3.

Tagebuchnotizen Norbert Autenrieth

Sonntag und es ist trist. Gerade der Sonntag war ein „Kommunikationstag". Wandern mit anderen, Schafkopfen usw. Man hat auch Arbeit liegenlassen – doch was ist nun wirklich „Arbeit"? Und dann heute noch die letzte Folge von „Lindenstraße"! Welch Symbol – alles geht dahin! Doch wir lassen uns nicht unterkriegen. Und dann bleibt abends immer noch die „Queen". Nachmittags übrigens Spaziergang in Cadolzburg – auch kein Ereignis.
Von der Corona-Front nichts Neues – keine Besserung.

Christine Rieger

Liebe Kolleginnen und Kollegen (die „Diversen" lasse ich jetzt mal weg – soweit mir bekannt ist, hat sich bisher niemand als „Divers" geoutet ... **grins**). Nachdem es uns heute für einen Spaziergang definitiv zu kalt ist und wir auch nicht unbedingt Viren und / oder polizeilichen Kontrollen in die Arme laufen wollen, habe ich beschlossen, Euch ein bisschen aufzuheitern. Ich hoffe, es gelingt mir!
Ich habe in den letzten Tagen so eine Art „Corona-Tagebuch" geführt. Soll heißen, ich habe meine „Befindlichkeiten" in Glossen verarbeitet. Wer sich damit verlustieren möchte – hier sind die Links:
https://www.christinerieger.com/blog/corona-tagebuch/
https://www.christinerieger.com/2020/03/25/verr%C3%BCckte-zeiten-leere-stra%C3%9Fen/
https://www.christinerieger.com/2020/03/27/lieber-vorbeugen-als-langweilen/

Wer bei Facebook verkehrt, kennt sie vielleicht schon – aber da sind ja nicht alle.
So, jetzt wünsche ich Euch allen einen schönen Sonntagnachmittag. Lasst es Euch gut gehen und versucht, die plötzliche Ruhe zu genießen. Vor allem – bleibt gesund!

Viele Grüße
Christine

Mitten drin …

Mo., 30.3.

Norbert Autenrieth

*Wann Corona kommt,
wann Corona kommt, wer weiß?
Ob er heute kommt*

*oder morgen kommt
oder vielleicht gar nicht kommt?
Wann Corona kommt, wer weiß*

Tagebuchnotizen Norbert Autenrieth

Heute wieder Restaurierungstag: Kabel verlegt, Küche getüncht mit allen „Nebenmaßnahmen". E. ist dabei ja immer beserkerhaft.
Nach Aussage Söder keine Änderung bis 20.4.

Christa Bellanova

Befindlichkeits-Haiku

*Zurückgeworfen
Menschlein unbedeutendes
auf dich selbst bist du*

Wohl dem der Hirn hat
Überlebensstrategie
In diesen Zeiten

Du und Corona
Was ist wichtig geworden
Wirst du dich ändern

Wie geht es weiter
Nichts wird so sein wie vorher
So klein geworden

Petra Embacher

Liebe Wortkünstler-Kolleg*innen,
ich sage einfach mal zwischendurch „Lieben Dank“ für Eure viel(fältigen) Äußerungen, die ich alle gern empfange, aber leider momentan noch nicht im Detail lesen kann. Sobald ich etwas mehr Zeit habe (ich hoffe, noch im Lauf dieser Woche), werde ich auf Eure Nachrichten mit mehr Muße reagieren können.
Bis dahin liebe Grüße, und bleibt gesund!
Petra

Gisela Hoffmann-Merle

Corona hau ab
Krone der Zerstörungen
Wir können ohne

Gruß
Gisela Hoffmann-Mehrle

Helmut Herrmann

Liebe Kolleginnen und Kollegen,

damals saßen unsere Eltern vor den Volksempfängern, um der neuesten Rede eines selbsternannten „Führers“ zu lauschen. Dessen Aufgabe bestand eigentlich darin, Unheil von seinem Volk abzuwenden. Im Gegenteil, genau das hat er selbst provoziert.

Heute sitzen wir wieder vor unseren Radios, um der neuesten Ankündigung eines Ministerpräsidenten zuzuhören. Er erzählt uns in einer längeren Rede eigentlich nur, dass sich die Ausgangssperre während einer Grippe-Pandemie verlängert.

Welcher von beiden Ansprachen hören wir lieber zu? Gibt es überhaupt eine Antwort darauf? Was meint ihr?

Christine Rieger

Hallo, liebe Wortkünstler,
deine Frage, Helmut, zu beantworten, ist nicht so einfach. Am liebsten würde ich allen Beiden nicht zuhören müssen – wobei der Vergleich hinkt. Ich kann mir momentan nicht vorstellen, dass unser Ministerpräsident Unheil mit Absicht heraufbeschwören wird. Ich unterstelle ihm jetzt einfach mal, dass er wirklich das Beste für uns alle will. Ob sich das im Nachhinein als richtig erweist, wird die Geschichte zeigen.
Übrigens haben der Ministerpräsident und seine Mitstreiter nicht nur die Verlängerung der Ausgangssperre verkün-

det. Ich habe die ganze Pressekonferenz verfolgt und zumindest den Eindruck, dass er alles in Bewegung setzt, um Material herbeizuschaffen wie Schutzmasken, Schutzanzüge, Intensivbetten und so weiter. Auch finanziell wird ja einiges getan, und ich hoffe, es kommt bei den Richtigen an, denen es tatsächlich hilft, sich über Wasser zu halten, bis sich die Lage wieder einigermaßen normalisiert hat. Wobei ich davon ausgehe, dass wir auch nach vier Wochen noch mit Einschränkungen werden leben müssen ... Hoffen wir, dass ich NICHT recht behalte!
Ich höre und lese viel mit (vielleicht sollte ich das bleiben lassen und könnte dann besser schlafen). Aber wenn ich mir anschaue, was in anderen Bundesländern so vor sich geht, bin ich ganz froh, in Bayern zu leben. Ich will hier keine politische Diskussion provozieren – aber wenn wir auf die Anweisungen auf Berlin warten würden – da hätten wir lange warten können!
Nun gut – wir werden sehen, wie sich das Ganze weiterentwickelt. Hoffen wir jedenfalls, dass wir alle und unsere Familien von dem Virus verschont werden. Alles andere wird sich finden. Irgendwie geht es immer weiter ...

@ Norbert
Schön, dass Du uns an Deinen Werken teilhaben lässt! Ich freue mich jedes Mal, wenn jemand von Euch sich meldet ... Zwar bin ich auch viel am Telefonieren – aber irgendwann macht entweder meine Stimme schlapp – oder mein Telefonhörer ...

Liebe Grüße an Euch alle – und denkt daran: Wenn man bis zum Hals in der Sch... steckt, soll man den Kopf nicht hängen lassen!
So, jetzt gehe ich mal lieber in Deckung. Sicher ist sicher! :-)

Christine

Fritz Schnetzer

Lieber Norbert Autenrieth,
danke für Deinen Stimmungsaufheller. Anbei ein kurzer Quarantänetext von mir.

Fritz Schnetzer

In Quarantäne

„Heute mach ich mir eine Freude und besuche mich selbst... Hoffentlich bin ich daheim."
Sagt Karl Valentin.
Hat er um die Ecke gedacht, der Querdenker Valentin? Nein, pfeilgerade hat er ins Herz aller Corona bedrängten getroffen.
Wen soll man denn besuchen in Quarantänezeiten? Spontaner Besuch oder auch geplanter: „Komm auf ein Glas" – Nicht möglich!
Jeder trinkt für sich allein, zu zweien, in der Familie – aber da hört es schon auf. Die lieben Alten, Gestrigen, Vorgestrigen – und das ist liebevoll gedacht – man darf sie nicht mehr besuchen in ihren Puppenstübchen im Altersheim, in ihren Wohnungen. Jedes Haus ist zur Festung geworden:

„My Home is my Castle" – und dabei gehört England nicht mehr zur EU.
Wen also soll man besuchen? Oder wer besucht uns? Dieses Haus ist videoüberwacht. Dieses Land ist videoüberwacht. Wir sind überwacht. Wir überwachen uns selbst. Selbstlos. Also stehen wir da, alle, Besucher auf Abruf – und warten, dass uns jemand hereinlässt. Wir stehen vor unserer eigenen Haustür. Alles ist fremd geworden. Alles ist anders. Und vielleicht deshalb klopft unser Herz etwas aufgeregt. Steh ich auf vertrautem Gelände? Alles Alzheimer? Oder was? Niemand hat mich rausgeschmissen. Hab ich mich selber rausgeschmissen? Oder wer war es?
Wenn Ich ausgehe, lasse ich alles hinter mir. Ich bin, allein oder mit der Frau meines Herzens unter Leuten. Da kann ich Meinungen absondern wie das Stinktier seinen „Abstandshalter" oder wie der Rüde seinen Reviermarker. Hier stehe ich oder sitze ich oder rede ich und trinke mein Bier. Ich kann gar nicht anders. Meinungen abgeben können, Urteile, Vorlieben behaupten: das heißt, dass ich lebe. Anders bin als die Anderen, in Abstufungen natürlich, gleich bin wie die Anderen. Nicht zufällig redet man in Corona Zeiten von Herdenimmunität. Wenn 70% von uns überlebenden Hammeln, Schafen, Lämmern immun sind, dann ist das „Deutschtum" vorerst gerettet.(Da denkt man doch gleich wieder in nationalen Kategorien.
Alte, Schwache und Kranke sind da nicht mehr, sie sind „human" gestorben (worden).
Nein, ich verlaufe mich. Ich wollte mir doch nur eine Freude machen und mich selbst besuchen. In Ermangelung der Anderen. Mich selbst besuchen? Wer bin ich denn? Und wie viele? Wenn ich dem Philosophen Precht traue. Wir sind uns immer selber aus dem Weg gegangen, sind ausgegangen, ha-

ben eingeladen, wollten nicht allein sein mit diesem unbekannten „Ich". Vielleicht bin ich ja langweilig und hab das schon immer geahnt und habe deswegen andere mit possierlichen Posen oder herausgeschleuderten Meinungen von mir abgelenkt. Vielleicht bin ich auch ein aggressives Schwein, oder ich bin gerade nicht bei mir, neben der Spur, gerade außer mir? Oder ich bin doch ausgegangen – und das sagen die Politiker auch immer: „Ich gehe davon aus..." – also von mir selbst.
Überraschung. Überraschung also, wen wir gerade antreffen, wenn wir uns freiwillig, oder in diesen Zeiten zwangsweise, selbst besuchen.
Ob ich dann daheim bin – oder blitzschnell und laut schreiend das Haus verlasse, wenn ich vor meiner Tür steh?
Schaumer mal.

Barbara Biegel

Lieber Norbert, zunächst danke für die neulich angehängte Haiku-Ausschreibung. Seitdem rattern in mir Haikus, vor allem beim täglichen Spaziergang. Heute gelangen mir einige gut, glaube ich, sieh selbst:

Die junge Mutter
trägt Mundnasenschutz und Kind
verdoppelte Last

Das Mädchen sieht mich,
nimmt Corona-Abstand ein
ihr Vater schnaubt nur

Das Dorngestrüpp schweigt
zu all den Geschehnissen.
Blütenübersät

Eiskalte Hände
Zum Glück macht der Schmerz mir klar
Ich bin am Leben

Den Ruf der Krähen
in den Zeiten des Shut-Down
hört man viel weiter

An trüben Tagen
wenn die Fallzahlen steigen
versuch ich ein Lied

Dauert es lange,
bis deine Angst verschwindet
mich zu umarmen?

Das Virus ein Glück -
wir üben mit Corona
nicht mit Ebola

Zwei Veilchen am Weg
blinde Angst übersieht sie
In Viruszeiten

Müssen wir gehen,
verbindet uns die Liebe.
Trotz aller Sorge.

Ich bin sehr gespannt auf deine Corona-Beiträge und bitte darum, behelligt zu werden.
Gruß an Elisabeth, bleibt gesund. Barbara

Michael Lösel

Vergessene Erinnerung

Der Frühling beginnt, und doch sucht mich eine Erinnerung heim. Es ist still draußen als ich morgens die Augen aufschlage. Mein erster Blick ist in den Himmel gerichtet. Klar konturierte Cumulus-Wolken. Sicher, ich kann es mir leisten länger zu schlafen als die meisten, denen ich bei meiner Brotarbeit begegne. Es ist neun Uhr dreißig irgendwann nach Frühlingsanfang. Aber es ist still draußen wie im Winter. Und ich erinnere mich:
Es ist der erste Winter meiner ersten Liebe und ich liebe die Stille des schneeweißen Winters. Wir fahren den Schlittenhügel gemeinsam hinunter. Lautlos fällt der Schnee, die Tränen des Glücks gefrieren im Fahrtwind über meinen Wangen. Ich erinnere mich:
Im Schneefall meiner Kindheit herrschte heilige Stille. Gedämpfte Stille herrschte, die erst im Tauwetter die Geräusche der Geschäftigkeit wieder freigab. Aber diesmal war es nicht die im Schnee gedämpfte Stille. Es war eine noch nie gehörte, ungewohnte Stille.
An den Lärm von Flugzeugmotoren im Winter meiner Jugend kann ich mich nicht erinnern. Auch heute höre ich sie nicht. Eine Amsel singt und eine Elster fliegt über die Dächer. Ein ungewohnt stiller Frühling.

Di., 31.3.

Norbert Autenrieth

Ein Döner Imbiss
hat für den Feinschmecker
jetzt gut einen Stern.

Tagebuchnotizen Norbert Autenrieth

Küche: Restarbeiten. Einkauf. Übriges: WB Gruppe 48 (alter Text). Haiku. E. einkaufen und laufen mit M. Selbst in Buchschwabach (altes Schulhaus) und Wanderung Defersdorf. Wirtschaft schwer daniederliegend. 1000te von Kurzarbeiteranträgen.

Erika Hauswirth

Lieber Norbert,
ich hab es nicht so mit den Haikus, aber ich freue mich sehr von dir zu hören und bitte darum, mir weitere zu schicken. Obwohl Ingo Cesaro vor Jahren einige von mir veröffentlichte, aber nie solche, die mir selbst Spaß gemacht haben, wie dieses:

Kuh auf der Weide
glotzt mich an und spricht laut Muh.
„Hei", ruf ich: „Hei; Kuh!"
Die Idee deiner Frau war prima; ich grüße sie und dich herzlich.

Erika

Margit Begiebing

Lieber Norbert!
Danke! Ich finde die Idee mit den Haikus großartig. Ich möchte auf jeden Fall im Verteiler bleiben.
Man muss etwas tun. Ich rufe z.B. jeden Tag bei Verwandten oder Bekannten an von denen ich ewig nichts gehört habe. Und siehe da: Jeder freut sich, inkl. ich.
Außerdem: Auf „www.blauer-kurier.de" erzählt mein Hund aus seinem Leben. Auch ich versuche, gegen die Krise anzuschreiben :-)
Apropos: Ich habe unter dem KUNO nach der Literaturausschreibung gesucht über die wir auf der AVF-Sitzung gesprochen haben. Ich finde allerdings nur etwas, was Ende Januar ausgelaufen ist. Hast du da was Näheres?
Bleibt gesund ihr beiden Lieben. Zu Hause bleiben und schreiben!
Ich drück' euch (am Computer darf das)
Margit

Peter Jokiel

Hallo ihr Lieben,
ganz herzlichen Dank für Eure tollen Geschichten, Gedichte und Gedanken.
Leider bin ich nicht ganz so kreativ in diesem Bereich und nutze gerade die Zeit,
um mit meinem neuen Krimi weiterzukommen.
Euch jedenfalls wünsche ich weiterhin alles Liebe und freue mich schon auf die nächste Geschichte von Euch.

Ein junger Mann kommt an einer Parkbank vorbei, auf der zwei sehr betagte Nürnberger sitzen.
Er fragt die beiden höflich,
„Entschuldigen Sie bitte meine Herren, wo bitte geht es denn hier zum Bahnhof?"
Die beiden sehen ihn an und geben keinen Mucks von sich.
Er stellt seine Frage nochmals auf Englisch.
Wieder erhält er keine Antwort von den beiden Nürnbergern.
Er fragt die zwei auf Französisch, Italienisch und Spanisch.
Wieder keine Reaktion.
Entnervt geht der junge Mann seiner Wege.
Da sagt der eine Nürnberger zum anderen,
„Allmächd na, der hod ober fei scho viel Sprachen kennt."
Da schau ihn sein Freund an und meint,
„Stimmt, ober gnutzt, hods nen nix."

Da kann man wieder mal sehen, manchmal kann man eben können was man will und kommt trotzdem nicht weiter.
Ich hoffe nur dass es keine fränkische Art des Corona Virus gibt, dann hätten wir wahrscheinlich noch länger damit zu tun. Ganz egal, was wir auch immer können.
In diesem Sinne, die allerbesten Wünsche und fühlt Euch alle herzlich gedrückt und geknuddelt.
Schönen Gruß und bleibt alle gesund und munter.

Alles Gute
Peter Jokiel

Erich Hübel

Liebe Freunde,
ich hoffe, es empfindet niemand als blasphemisch, auch in solch skurrilen Zeiten Witzchen zu machen.
Aber das Corona-Virus ärgert uns alle doch so sehr, dass ich mit ein wenig (Galgen-)Humor zurückschlagen will.
Bleibt gesund!
Erich

Corona

Es wor a gans bekannde und belibbde Brauerei in Mexiko,
die des Corona-Bier brodudsierd hodd.
Edsd is bleide ganger, wall wecher dem Corona-Virus
kanner mer wos midd Corona dsu duhn hamm will.
Schood um die Firma!
Also miech bedriffd des edsd nedd bersönlich,
wall i ja ka Bier nedd dring.
Mier wär's desderweng fei ah Worschd,
wenn irgendwann a negsde Seuche
„Aperol Spritz" haaßn dääd!

Helmut Herrmann

ich bin zwar kein Dichter, wie einige von euch, möchte aber mit folgendem Link auf ein lustiges Gedicht aufmerksam machen. Ich habe es vor ein paar Monaten bei einer Literarischen Wanderung versucht, vorzutragen. Es ist mir aber nur teilweise gelungen, da ich dabei zwischendurch immer wieder von schweren Lachkrämpfen geschüttelt wurde.

Trotzdem möchte ich es euch nicht vorenthalten und bin sicher, dass es Corona zumindest für die Dauer des Lesens völlig vergessen lässt.
Also dann viel Spaß und hier kommt der Link: https://www.deingedicht.de/sonstige/lustige-gedichte/die-bohnensuppe.html

Helmut Herrmann
Und hier noch ein Beitrag, diesmal original von mir:
War im Park spazieren,
habe dort Corona getroffen,
wenige Stunden später war es tot.

LG
Helmut

Jutta Dorndörfer-Schneider

Liebe Wortkünsterinnen und Wortkünstler

inspiriert von Norbert (Ich bekomme nichts mehr von dir??) und Christa habe ich mich auch mal mit Haiku beschäftigt. Das Ergebnis sehr Ihr in der Anlage, falls Ihr Lust habt.
Alles Gute für Euch. Durchhalten und Nerven bewahren heißt die Devise

Corona bezwingt
Zu stark für manche Menschen
Ohne Charakter

Corona ängstigt
Gegenwart sowie Zukunft
Alles infrage

Corona entblößt
Schöne Fassaden bröckeln
Gerüste schwanken

Eure Jutta

Gisela Hoffmann-Merle

Liebe KiWo-Interessierte,
wie es aussieht, müssen wir leider lange Zeit auf unsere literarische Runde verzichten.
Deshalb schicke ich heute einfach nur liebe Grüße mit dem folgenden Gedicht:

Frühling von Erich Mühsam 1878 – 1934

Das Fell der Erde schäumt in Wellen.
Aus Bäumen und aus Schollen quellen
des Frühlings Knospen auf wie Gischt. -
Dröhnt, Fluten, – zischt!
Schlagt an die Dünen meiner Brust!
Treibt Frühlingsgrün aus meinen dürren Hängen!
Macht Leid zu Lust
und meine Liebe zu Gesängen!

Liebe Grüße

Anna Neder-von der Goltz

Liebe Wortkünstler*innen,
„Hallo wie geht es Dir?“ höre ich am anderen Ende der Leitung, wenn ich diesen Tagen den Telefonhörer abnehme und bekomme zugleich ZEIT geschenkt, Zeit in der ich länger als sonst erzählen kann, erzählen darf, wie es mir so geht.
Das „gute alte Telefongespräch“ ist zurück. Jetzt sitze ich mindestens einmal am Tag an meinem gemütlichen Platz am Fenster und telefoniere und bin froh, dass ich meinen guten alten Festnetzapparat noch habe.
Ob jedoch die alten magentafarbenen Telekomsäulen wieder eine Renaissance erleben, wie ich in meinem Text im Anhang beschrieben habe, wird sich noch zeigen.

Herzliche Grüße und bleibt gesund!
Anna Neder-von der Goltz

Bitte um Wechselgeld

Marcus band sein Fahrrad an einer dieser magentafarbenen Telekomsäulen fest und dachte sich noch, na ja, wenigstens zu etwas gut. Wer wohl damit noch telefonieren soll? Die braucht kein Mensch mehr, höchstens Leute, die ihr Handy vergessen oder verloren haben. Vergessen oder verlieren so viele Leute ihr Handy?, überlegte Marcus weiter, dass es sich lohnt 26 000 Telefonsäulen in Berlin aufzustellen? Er zog die Stöpsel aus seinen Ohren, bevor er die Buchhandlung betrat, in der er jobbte, und verstaute sie zusammen mit seinem Smartphone im Rucksack. Sein Chef sah es nicht gerne, war stolz darauf kein Smartphone-Besitzer zu sein und versuchte, soweit wie möglich in einer analogen Welt zu leben. Er hatte nichts gegen Smartphone-User, meinte er lächelnd, aber ihn würden diese Dinger nervös machen. Diese aufgedrängte Gleichzeitigkeit, alles auf einmal tun zu können, zu müssen, mache ihn unruhig. Mails lesen, beantworten, telefonieren, recherchieren, bestellen, alles in einem Tempo, das ihn in einen Zustand innerer Unruhe versetze und in ihm das Gefühl aufkommen lasse, alles aus der Kontrolle zu verlieren. Wenn er in der Mittagspause ins Café oder abends nach Hause ging, schaltete er den PC einfach aus und verließ mit der Zeitung unterm Arm den Laden. Seit einiger Zeit hörte er auch wieder Schallplatten. Der Sound hat mehr Volumen als der auf Spotify, sagte er und zwinkerte Marcus dabei zu. Alle Aufforderungen, die über Internet hereinkamen, noch schnell etwas beantworten, noch schnell auf ein Angebot reagieren zu müssen, vielleicht auch nur Grüße schreiben zu müssen an jemanden, an den man hätte denken sollen, mussten warten bis zum nächsten Morgen um 8 Uhr früh. Dann würde sein Chef wieder bereit sein und all die Arbeiten, die er 12 Stunden zuvor hatte liegen lassen, der Reihe nach erledigen. Wenn er ein privates Telefongespräch führen musste, ging er sogar manchmal zu der rosa Telekomsäule, die vor der Buchhandlung auf dem Bahnhofsvorplatz stand.

26 000 Säulen, dachte Marcus wieder, während er seinen Chef in ausgebeulter Cordhose, kariertem Jackett und in einem seiner drei Wollpullis in Grau, Dunkelblau oder Anthrazit darunter über den Platz laufen sah. Bevor dieser den Hörer abhob, strich er sich jedes Mal mit der einen Hand seine ergrauten Haare aus der Stirn, bevor er die Nummern auf den schwarzen Zahlenknöpfen eintippte. In der anderen Hand hielt er den kleinen gelben Zettel, auf dem er sich die Zahlen notiert hatte. Er wirkte wie ein Relikt aus alter Zeit. Jedes Mal, wenn er zurückkam, sagte er: „Ah, das war gut, wieder mal frische Luft zu schnappen“, und grinste. Die Angestellten schmunzelten über die Verschrobenheit ihres Chefs.

Irgendwann konnte es sich Marcus nicht länger verkneifen und sprach ihn auf die Effizienz der Smartphones für den Buchhandel an. Er machte ihn auf die vielen Smartphone-User im Laden aufmerksam. Wie oft zogen Kunden ihre Smartphones heraus, wenn sie nach dem Titel eines Buches suchten oder schnell noch jemanden anriefen, um zu fragen, wie der Titel oder Autor des Buches heiße. Vor allem um die Weihnachtszeit fand viel Austausch über WhatsApp oder übers Telefonieren statt, um herauszufinden, ob das Buch passen würde, ob der andere es vielleicht schon gelesen habe, oder

ob nicht doch ein Hörbuch für die langen Autofahrten sich besser für den zu Beschenkenden eigne. Je kostbarer die Smartphones, desto auffälliger die Schutzhüllen: stilvolle Klappschutztaschen, universelle Ledertaschen, Modelle mit witzigen Mustern in allen Farben. Marcus hatte, wie die meisten, einen Bumper, ein Rundumseitenrahmen aus Silikon. Jedes Etui bietet hübsche Gelegenheiten zur individuellen Geschmacksäußerung. „Mach dein Ding“, ermutigt eine Website: „Schütze dein Smartphone auf stilvolle Weise, mit einer Hülle mit deinem Design. Mit dem Online-Konfigurator gestaltest du deine Handy-Hülle ganz einfach selbst.“ Das neue Mobiltelefon im Designer-Etui dokumentierte

Modernität an vorderster Front. Sein Chef stand nicht mit an dieser Front.

Marcus selbst genoss es, wenn er abends aus dem Laden trat, seine Stöpsel in die Ohren steckte und mit der Musik seiner Playlists nach Hause radelte. Manchmal erreichten ihn schon Anrufe auf dem Heimweg. Freunde wollten Verabredungen vereinbaren, ein Rezept für das gemeinsame Abendessen wurde besprochen oder es wurde über den nächsten Kinofilm oder die nächste Serie beratschlagt. Das Leben ging sofort weiter, man vertat keine Zeit zwischen Arbeit und Freizeit, es ging alles ineinander über. Marcus gefiel das.

Als Marcus letzten Freitag aus dem Buchladen trat, wurde er von einem Mann mittleren Alters angesprochen, der so aussah, als würde er nicht mit einem alten Samsung IV herumlaufen wie er, sondern mit dem allerneuesten Smartphone. Er hielt Marcus völlig entnervt einen 5-Euro-Schein entgegen und sagte: „Bitte, können sie den wechseln, ich muss dringend ...“
Marcus zog sein Portemonnaie aus der Jackentasche. „Sie sind schon der Zehnte, den ich frage“, stöhnte der Mann. Das mochte übertrieben sein. Andererseits ist es, zumindest am Bahnhof, nichts Besonderes, von wildfremden Leuten, um einen Euro angebettelt zu werden, während die Bitte um Wechselgeld wie ein anachronistischer Akt als verdächtig wirkte, weil man überall mit Karte bezahlten konnte, selbst an Fahrscheinautomaten und freistehenden Telefonsäulen. Marcus konnte ihm seinen 5-Euro-Schein auch nicht klein machen und hielt ihm zwei Fünfzig-Cent-Stücke hin. Der Mann schaute Marcus völlig entgeistert an. Der arme Kerl

schien sich von Gott, der Welt und seinem Smartphone verlassen vorgekommen zu sein, wie einer der U-Bahn-Bettler. „Na nehmen Sie schon", sagte Marcus, „dann können Sie telefonieren." In diesem Moment klingelte das Smartphone des Mannes in seiner Jackentasche. Während er abhob, hüpfte er nervös von einem Bein aufs andere und da verstand Marcus: Er hatte die Münzen fürs Bahnhofs-WC gebraucht.

Mi., 1.4.

Norbert Autenrieth

Corona heißt auch
-lateinisch- Heiligenschein.
Welch´ ein Aprilscherz

Tagebuchnotizen Norbert Autenrieth

Leider ist Corona kein Aprilscherz. Vormittgas ein Bisschen Einkaufen und Buchschwabach. Nachmittags mit E. Spaziergang Tuchenbach. Alles etwas Beschäftigungstherapie.
Dafür „läuft“ die Mail „über“.

Ruth Lenz-Tichei

erstmal danke für die Corona Haiku (und Deiner Frau für die Idee!).
Weißt Du, dass es auch eine Schutzheilige gibt? Sie ist Schutzpatronin für Geld, Schatzsucher, Metzger und Seuchen...
ein weiterer Aprilscherz
lg
Ruth

NHL Winter

Guten Morgen Norbert, Heidi hatte eine tolle Idee:
Was hältst du davon, wenn wir AVFler uns einmal alle 14 Tage die neuen Werke per Mail zu schicken? Wenn wir schon kein Treffen haben und den neuen Sachen uns vorlesen, wäre das doch eine Lösung!

Liebe Grüße, pass auf dich auf und bleib gesund!

Klaus und Heidi

Korbian N. Reinders

Hallo Norbert!
Es tut mit schon leid – aber mit Haikus kann ich nichts anfangen. Ich bin mit den klassischen Versmaßen aufgewachsen. Solche zusammenhanglosen Silbenkonglomerate sagen mir nichts. Du schreibst „Heiligenschein“? Das Wort kann man auch umdrehen, dann ist es negativ. Für mich ich eine Korona das Umgebende Leuchten! also wie Floureszens. So etwas gibt mir mehr:
...
Ein Stern stand weit und hell und grüßte mich
Da schwieg mein Herz in seeligem Erschauern
Und sachte – um mich her die Nacht entwich
Lies mein verlorenes Lieb jäh bedauern.
...

Dir auch robustes Gesundbleiben
Korbi

Manfred Seifert

Markttag

Nein, keine Aprilscherze dieses Jahr, das wäre wohl nicht angebracht. Auch wenn die Redaktionen, die für solcherart Amusement zuständig sind, sicher einige Leser wieder zu einem gezielt ausgesuchten Ort gelockt hätten. Die Zeitungsspalten, die zu füllen sind, werden nahezu völlig von dem einen Thema beherrscht. Heute wollen wir etwas sportliche Betätigung mit einem Einkauf verbinden. Los geht´s also mit den Rädern, am Trainingsgelände des 1. FCN vorbei, über den Valznerweiher durch den Reichswald Richtung Tiergarten, und an der Akademie der Bildenden Künste vorbei zum Mittwochs-Markt in Zabo-Mitte. Zufällig kommt uns die Tochter von Freunden mit ihrer kleinen Marie im Anhänger entgegen, auf gebührende Entfernung wechseln wir ein paar Worte, fragen nach dem Befinden und sprechen uns gegenseitig Mut zu. Heute sind die Marktstände anders angeordnet, entzerrt und weiträumiger aufgestellt. Der bei weitem größte, der Stand mit dem Knoblauchsland-Gemüse, ist auf die südliche Platzseite gewechselt, mehrere große Schilder weisen darauf hin, dass Anstehen bitte von der Seite zu den Wohnhäusern hin erfolgen möge. Die Schlange reicht bereits bis in die nächste Wohnstraße, alle verhalten sich ruhig, reihen sich diszipliniert ein, teilweise sogar über Mindestabstand. Nur eine ältere Frau mit hoher norddeutscher Stimme schnattert ihren Frust ab über diese unmöglich zumutbare Wartezeit, das mache sie nicht wieder, in Schweden machen die das viel lockerer, da können sie noch alle in Cafés sitzen, und so geht das fort, bis das Schweigen der anderen auch sie endlich zum Schweigen bringt. Weit vorne an den Standtischen drängt sich eine Frau, deren Kopf einem gefärbten Osterei gleicht, dazwischen und will partout nicht weichen. Unser Einkauf dauert doppelt so lange wie gewohnt, aber unsere Freude über das, was wir in Tasche und Korb bekommen, ist auch doppelt so groß. Danke.

Do., 2.4.

Norbert Autenrieth

Wer hätte gedacht,
dass das Vermummungsverbot
sich zur Pflicht wandelt!

Tagebuchnotizen Norbert Autenrieth

Lange geschlafen. vormittags Buchschwabach. Nachmittags M. im Garten, Kakteen heraus. Neues Video: Banaaner. Th. hat ev. Haus im „Eigenen Heim“ in Aussicht.

Margit Begiebing

Lieber Norbert!
Danke für die Literaturausschreibung vom KUNO. Und danke für das neue Haiku. Ja, der Mundschutz...
Folgendes habe ich beobachtet und finde es seltsam, nämlich die Leute mit Plastikhandschuhen im Supermarkt: Sie fassen alles an, egal ob Einkaufswagen, Waren usw. Dann putzen sich (möglichst unter dem Mundschutz) am Mund rum und reiben sich an den Augen. Aber Ansteckung ist ja kein Problem, denn die Hände!!! sind schließlich sauber!
In diesem Sinne ganz liebe Grüße aus der Nachbarschaft
Margit

Petra Embacher

Liebe Christa,
vielen Dank für Deinen Text.
Stellenweise sah ich mich, zeitlich nur in den vergangenen Monat zurückversetzt, in der Wohnung meiner Mutter sitzen beim Ausräumen der Truhe mit Nähutensilien; … und noch mehr Bänder, Litzen, Knöpfe, ein Stapel Taschentücher meines Vaters … Und vieles, was ich entsorgt habe, könnte ich jetzt brauchen. Die (von mir) selbstgenähte Schürze mit Kreuzstich-verzierten Taschen habe ich aufgehoben.

Lieber Norbert,
deine beiden letzten Haiku gefallen mir besonders gut. Der von heute hat Erinnerungen an frühere KOMM-Zeiten und Demos – und Jugend – wachgerufen.
Euch allen zwischendurch mal herzlichen Dank für Eure berührenden, nachdenklichen, witzigen, Mut machenden Texte!
Bleibt gelassen, schreibfreudig und vor allem gesund!

Liebe Grüße
Petra

Christine Rieger

Liebe Wortkünstler und -künstlerinnen,
erst mal vielen Dank für Eure Texte, die Haikus, die Geschichten, die mich in letzter Zeit erreicht haben.
Ich habe sie alle gelesen und mich daran gefreut – und ich hoffe, es werden nicht die letzten gewesen sein!
Ich schreibe momentan fast jeden Tag für meinen Blog. Geschichten fallen mir eher selten ein – und wenn, dann käme höchstens Mord und Totschlag dabei heraus! Also halte ich mich an mein Corona-Tagebuch. Naja, „Tagebuch“ ist übertrieben. Sagen wir lieber „Lagebericht“. Der je nach Stimmungslage mal so, mal so ausfällt ...
Zum Putzen habe ich momentan keine Lust. Offenbar habe ich meine ganze diesbezügliche Energie in der ersten Woche verpulvert. Rausgehen mag ich auch nicht. Dazu ist es mir noch zu kalt. Also sitze ich herum und gehe meinem Mann auf die Nerven ... **grins**
Eins werde ich jedenfalls ganz sicher nicht – Gesichtstarnung nähen. Zum einen habe ich noch Heeresbestände von früher (die ich seit Jahren zu Hause und allenfalls beim Ausfegen der Gartenhütte benutzt habe), und zum anderen käme ich mit dem Ergebnis meiner nicht vorhandenen Nähkünste nicht mal bis zur Haustür, ohne dass meine Nachbarn die mit den weißen Turnschuhen und den absonderlichen Jäckchen rufen!

Soviel für heute ...
Lasst es Euch den Umständen entsprechend gut gehen und bleibt gesund!

Viele Grüße
Christine

Do. 3.4.

Norbert Autenrieth

Keinen Hefezopf
gibt es jetzt mehr zum Kaffee.
Esst mehr Blätterteig!

Tagebuchnotizen Norbert Autenrieth

Es nervt. Die Tage haben zwar Struktur, aber man hat immer den Eindruck, man versucht die Zeit totzuschlagen. Man freut sich schon, wenn man vormittags ein wenig zu Lidl kann, weil man etwas einkaufen muss. Schreibe heute zwei Tage später und weiß schon nicht mehr, was da alles war – weil eben nichts war, was sich zu erinnern lohnt. Ach ja, mein Video ist auf Youtube. Und die Sommerreifen sind drauf.

Anna Neder-von der Goltz

21. Tag der Corona Krise

Nackter Mann in Fürth
wirft 25.000
von seinem Balkon.

„Macht Liebe!“, ruft er.
Die Polizei sammelt ein,
bringt es auf die Bank.

Der Mann kommt in die
Psychiatrie: Verrückter!
Was ist jetzt normal?

Herzliche Grüße
Anna

Margit Heumann

Liebe Wortkünstler,
heute zur Abwechslung ein Befindlichkeitstext von mir:

Weißt du noch?

Weißt du noch,
Wie schwer wir es hatten
Wie grantig wir waren
Wie uns der tägliche Stau fuchste
Wie wir von A nach B hetzten
Wie die Mitmenschen nervten
Wie Fremde uns bedrängten
Wie Kollegen uns mobbten
Wie Freunde uns enttäuschten
Wie wichtig die Karriere war
Wie hart wir dafür arbeiteten
Wie der Staat uns abzockte
Wie wir den ewigen Stress beklagten
Wie wir nichts zu lachen hatten –
Und wie das alles zu uns gehörte?
Ach Corona,
wir wollen unser altes Leben zurück!

Margit Begiebing

Lieber Norbert!
Schöne Geschichte und gute Idee mit YouTube. Hat mir super gefallen!
Noch'n Grüßle aus der Nachbarschaft
Margit

Jutta Dörnhöfer-Schneider

Dein Text ist ganz wunderbar. So wahr! Vielen Dank dafür.

Auch Danke an Norbert für die tägliche Portion Lyrik und Anna Neder von der Goltz für dein Haiku. Am besten fand ich bei der Aktion: Mehr Liebe, Ihr Deppen
(Für alle, die es nicht mitbekommen haben. Die Botschaft des Mannes war: Liebe gegen Corona)
In der Anlage zeige ich meinen kreativen Schub. Aus einem (vorhandenen) Baumwollstoff mit Motiv Londoner Stadtplan habe ich meine Maske gemacht. Es folgen noch andere, für die Familie vor allen Dingen, für ein paar Freunde, die nicht nähen können und auch für die Mitarbeiter des Heimes, in dem mein Sohn arbeitet. Außer zuhause zu bleiben ist das etwas, was ich beitragen kann für die Gemeinschaft.

Passt weiterhin auf Euch auf
liebe Grüße aus der Isolation, die ich gar nicht mal so schlecht finde

Eure Jutta
falls Ihr meine Mail mehrmals bekommen habt, seht mir das bitte nach. Ich hatte technische Probleme

Petra Embacher

Liebe Margit, Ihr alle,
danke für Deine/Eure Texte.
Mit einem Haiku möchte ich mich heute gerne mal wieder bei Euch zurückmelden:

Immer mehr Tage
werden Sams- und Sonntage
Undank Corona

Bleibt gesund!
Liebe Grüße
Petra

Sa. 4.4.

Norbert Autenrieth

Zwei Ringeltauben
in vorbildlichem Abstand
picken im Garten.

Tagebuchnotizen Norbert Autenrieth

Geburtstag N. ohne Feier. E. hat wie immer ein schönes Geschenk gebastelt – irgendwie wird da ein Stück Tradition bewahrt. Ansonsten geht irgendwie auch die Wochenstruktur in die Binse. Dass Samstag ist, ist kaum ins Bewusstsein gedrungen. Aber immerhin eine schöne Abwechslung: S. mit gesamter Familie mit Fahrrad da und mit Abstand im Garten. E. hat Rolle gebacken und wir haben Kaffee und Sekt getrunken und uns über 5 Meter unterhalten. Gottseidank alles gesund. Anschließend zu Th. und Geschenk für N. abgegeben und dann zu Fuß zur Heimgarten 13, dem Traumhaus von Th. Wir halten alle Daumen, dass das etwas wird und zu stemmen ist.

Immerhin. Von der Corona-Front gibt es eine gewisse Entwarnung. Anzahl der Ansteckungsfrequenz ist gesunken/gestiegen? Jetzt infiziert ein Kranker nur noch 2 Personen, vor 14 Tagen waren es noch 10. Katastrophale Zustände in den USA.

NJL Winter

Der Gutemorgenzwanziger:

Zwei Ringeltauben
Dazu ein Gewehr –
Zwei Ringeltauben
Die scheißen nie mehr!

Ich wünsche dir ein schönes Wochenende, mg und bx!
(=mach's gut und bleib xund!)
Gesendet von Yahoo Mail auf Android

Erich Hübel

Corona Partnermasken

Der Wedderberichd sochd, dass in die negsdn Dooch rechd warm wern werd.
Do sollerd mer doch ah aweng naus gehn.
Mer muss obber scho immer dsu die andern Leid schee Abschdand haldn,
damidd ann des Corona nedd derwischd!
Bloß midd seiner Bardnerin odder seim Bardner derf mer noh beianander sei.
Do kommer dann fei ah ann Bardner-Mundschuds ondsiehn:

Mer brauchd ja bloß ann BH vo der Fraa nehmer – do sinn scho dswa bassende Masgn droo.

Die Egsberdn soong, dass die gnau suh guhd sinn, wey die selbergnähdn.
Und iech kennerd mer dengn, dass dodervo ah gnuuch gibd.
Midd meiner Fraa konn iech des obber nedd machen,
wall die für miech dsu klaaa is, und iech für sie dsu groß bin.
Do gricherd i ja glei gscheid Rüggn!

Geht schön mit Abstand spazieren und bleibt gesund!
Erich

So., 5.4.

Norbert Autenrieth

Palmwedel schwenken,
eng an eng am Straßenrand
heute verboten.

Tagebuchnotizen Norbert Autenrieth

Man muss doch die Wochentage dazuschreiben, auch die Feiertage: Palmsonntag. Nichts Besonderes geschaffen – Routinen. Corona-Tagebuch, Corona-Haiku, lesen etc. Nachmittags Wanderung Langenzenn – Bräuersdorf (beinahe) – Erlachgrund – Fembachgrund. Immerhin 2 ½ Stunden. Pfarrer Hermanys Videos sind erstens witzig und zweitens richtig und „erbauend“, ohne bigott zu sein. Mail an ihn.

Anna Neder-von der Goltz

Covid-19 Vernetzung
Dank Smartphone bin ich mit allen mir wichtigen Menschen verbunden. Neben der Family-Gruppe, den Abi-Freundinnen von 1977, der Pilates- und der Wandergruppe gibt es jetzt auch das Kollegenteam im Homeoffice und die Elternvertretung für systemrelevante Berufe.
Die digitale Kommunikationstechnik funktioniert einwandfrei. Doch vor einigen Tagen schien mich das alles etwas zu überfordern:

Da schickte ich meinem Mann die Nachricht, dass ich ab sofort Kurzarbeit beantrage, bei meinem Kollegium landete die Mail, dass ich sie ganz doll lieb hab, und bei der Elternvertretungsgruppe lief mein Vorschlag, ob unsere Treffen in Zukunft vielleicht ohne Kinder nicht schöner wären, per WhatsApp ein.
Ich befürchte, nach Corona wird alles nicht mehr so sein, wie vorher.

Herzliche Grüße und bleibt gesund!
Anna

Mo. 6.4.

Norbert Autenrieth

Steckt euch ruhig an,
sogar exponentiell,
mit guter Laune

Tagebuchnotizen Norbert Autenrieth

Strahlend schöner Sonnenschein – sehr positiv. Rasen gemäht, Geisbartstäbe aufgeräumt. E später Pflanzen auf Veranda. Sonst Schreibtisch wie immer.
Fahrradfahrt (allein) Langenzenn- Veitsbronn. Geringe Entspannung in Dtl. an der Corona-Front.

Margit Heumann

Danke, Norbert, für die „Blumen" und deine täglichen Haikus. Meine Favoriten sind 3 vom 1.4., 5 (oder doch 6?) vom 4.4. und 8 von heute.
Also weiter Abstand halten, Hände waschen und – wir Österreicher! – maskiert einkaufen.

Bleib gesund und LG
Margit

Manfred Seifert

Wir amüsieren uns zu Tode

Die erste morgendliche Aufgabe, das Osterhasen-Paket, ist zur Post gebracht. Schließlich soll es in München rechtzeitig vor dem Osterwochenende ankommen. Mit den Rädern ziehen wir einen weiten Kreis von St. Peter über den Luitpoldhain, Langwasser und den gesamten Volkspark Dutzendteich. Ein Artikel in der Zeitung bringt mich auf die Idee, nach langer Zeit wieder einmal zu einem Buch zu greifen, das ich Mitte der 1980er Jahre beim Lesen sehr ausgiebig kommentiert habe. Neil Postman, Professor für Medienökologie in New York, hat in seiner Streitschrift den verhängnisvollen Weg zum totalen Entertainment beschrieben. Das Geschäft der Zerstreuung übernimmt die Kontrolle über den Menschen, dessen Urteilskraft rapide verfällt und ihn unmündig macht. Er nimmt nicht mehr die Welt, sondern nur noch Bilder von ihr wahr. Es ist ein Abstieg vom Buchdruck-Zeitalter in die grenzenlose Trivialität des Fernsehzeitalters, die wortbestimmte Kultur wird in eine bildbestimmte verwandelt. Verflachung statt Vertiefung. Vereinfachung statt Diskurs. Desinformation und Fake News statt Verlässlichkeit und Offenheit. In einer Welt, in der wir zu Dienern der Zeit geworden sind und den Abläufen im Jahreszyklus unseren Respekt entziehen, ist die Autorität der Natur abgeschafft. Was Postman für die führende Rolle der Unterhaltungsindustrie formuliert, hat Aldous Huxley, ganz anders als Orwell in seinem 1984, in Schöne Neue Welt schon 1932 in Aussicht gestellt. Er rechnete damit, dass „die Menschen anfangen ihre Unterdrückung zu lieben und die Technologien anzubeten, die ihre Denkfähigkeit zunichte machen." Die Wahrheit würde so „in einem Meer von Belanglosigkeiten untergehen. … Menschen werden dadurch kontrolliert, dass man ihnen Vergnügen zufügt." Das, was sie lieben, wird sie am Ende zugrunde richten. Ein sehr nachdenkenswürdiges Urteil, wenn wir betrachten, wie wir heute unsere Ansprüche ausgerichtet haben.

Di. 7.4.

Norbert Autenrieth

Orangen spickt man
mit Nelken des Dufts wegen.
Bitte jetzt lassen!

Tagebuchnotizen Norbert Autenrieth

Sehr unspektakulär. Corona wird angeblich „besser". Wirtschaftliche Daten grauenvoll. Th. will noch immer Haus im „Neuen Heim" kaufen.
Nachmittags Ju., Wlfg. und L. mit Fahrrad da. Gartenunterhaltung: eine schöne Abwechslung.
Ansonsten übrige Arbeiten. Mit Michael telefoniert. „Blumentopf" weggeschickt. E. einkaufen.

Anna Neder-von der Goltz

ERDOGAN – CORONA – KARFREITAG

Gewaltverbrecher werden von Erdogans AKP
Ostern 2020 wegen Corona freigelassen,
Systemkritiker bleiben inhaftiert.

Barrabas, der wegen Mordes im Gefängnis saß,
wurde aus Anlass des Paschafestes 32 n. Chr. von Pilatus freigelassen,
Jesus, der Systemkritiker wurde ans Kreuz genagelt.

Erdogan macht Geschäfte mit Flüchtlingen,
Pilates wusch seine Hände in Unschuld
Und für uns heißt Ostern 2020: „Stay at home!"

Auch wenn wir zuhause bleiben, so stehen doch unsere Gedanken, unser Nachdenken nicht still.
Herzliche Grüße und frohe Ostern!
Anna

Lieber Norbert,
danke für Deine Zustimmung!
Ich bin froh in einem Land leben zu können, wo man Stellung beziehen kann, ohne gleich verfolgt zu werden.

Herzliche Grüße
Anna

Barbara Biegel

Danke für die Antwort, Norbert. Da muss man sich keine Sorgen machen, von einer Blockade keine Spur – das Ringeltauben-Haiku ist mein Favorit, die Filmlesung treffend.

Gruß an euch beide, uns geht es gut. Barbara

Mi. 8.4.

Norbert Autenrieth

Systemrelevanz
ist schwer zu beurteilen:
Hoch die Poesie!

Tagebuchnotizen Norbert Autenrieth

Ein bisschen Garten ein bisschen Schreibtisch, ein bisschen Modell ... es bleibt im Trott. Fahrradfahren mit E. Langenzenn-Veitsbronn. Und kleiner Einkauf – Ostern naht. Amerika hat inzwischen 16 Mio Arbeitslose.

Ruth Lenz-Tichei

Lieber Norbert,
immer wieder gern lese ich Deine Corona-Haiku. Danke Dir.

Manchmal inspirieren sie mich auch, mein heutiges Haiku schicke ich Dir:

Verschwörungstheorien:
doofes, gefährliches Virus.
Fernhalten! Mundschutz!

Dir und Deinen Lieben wünsche ich,
trotz allem,
frohe Ostertage

Ruth

Do. 9.4.

Norbert Autenrieth

Liegen auf Bänken,
Sonnenbaden auf Wiesen,
machen wir trotzdem!

Tagebuchnotizen Norbert Autenrieth

Es bleibt bei Routinen bei prachtvollem Wetter. E. mit M. laufen. Selbst mit Fahrrad Schöner-Weiher – Hiltmansdorf – Seckendorf.

Walter Tausendpfund

Lieber Norbert,

vielen Dank für die umgehende Antwort.
Ich denke auch, der 23. 4. muss abgesagt werden – wir sind doch in der KOMM-Gruppe viel zu viele Hochrisiko-Grüppler.
Wer vernünftig ist. bleibt doch da daheim...
Im Mai ist die Entscheidung auch nicht ganz einfach: der 21. 5. ist Christi Himmelfahrt... und dann kommt schon bald Pfingsten.

Wir werden eine Lösung finden... Hoffen wir zunächst, dass wir alle gesund bleiben...

Was wäre das für ein Oster-Wochenende in der Fränkischen Schweiz!!!...für die Besucher und die Wirte...und und und...!!!
Herzlichst
Walter

Irmi Kistenfeger-Haupt

Hallo, Ihr Lieben,

es wird Zeit, dass auch ich mich mal melde und mich bedanke für all Eure Nachrichten. Es sind nicht nur Corona-Zeiten, sondern auch Haiku-Zeiten und so habe ich geschätzt etwa 40 Haikus erhalten (nicht nur von Euch) – eine wahre Flut!
Ich selbst habe das Wohnzimmer österlich geschmückt, die Osterpäckchen an meine großen Kinder Anke und Niklas (39,34) abgeschickt, wandere täglich mit meinem Mann Werner im Wald oder fahre Rad im Marienberg-Park (wo sich die Massen tummeln). Ansonsten durchforste ich meine Bibliothek und tanke v. a. nachts literarisch auf. Ich wundere mich, was ich in sehr jungen Jahren schon alles gelesen und nun noch einmal verschlungen habe:

- „Die Pest“ von Albert Camus
- „Die Eingeschlossenen“ von Jean-Paul Sartre
- „Der Tod in Venedig“, „Mario und der Zauberer“ von Thomas Mann
- „Die Auslöschung“ von Thomas Bernhard
- „Die Geschwister von Neapel“ von Franz Werfel

Allles sehr spannend und für diese Tage empfehlenswert. Auch über die „Wahlverwandtschaften“ und „Die Leiden des jungen Werther“ habe ich mich noch einmal hergemacht, fand beides aber schon während meines Germanistik-Studiums langweilig. Jedoch hier ein Auszug aus Goethes „Faust“, den alle meine Zwölftklässler gerne mit mir gelesen und jedes Jahr am letzten Schultag vor den Osterferien auf der Schulbühne vorgetragen haben:

„Vom Eise befreit sind Strom und Bäche
Durch des Frühlings holden, belebenden Blick;
Im Tale grünet Hoffnungsglück;
Der alte Winter in seiner Schwäche
Zog sich in rauhe Berge zurück ...

... Ich höre schon des Dorfs Getümmel;
Hier ist des Volkes wahrer Himmel;
Zufrieden jauchzet Groß und Klein:
Hier bin ich Mensch, hier darf ich´s sein!“

Einen ebenso schönen Osterspaziergang vor den Toren Nürnbergs oder Eures Wohnorts wünscht Euch von Herzen

Irmi

Manfred Schreiner

Neueste Meldung: Die Clubspieler dürfen wieder trainieren, sie haben den Mindestabstand zum Gegner von 1, 50 m ja schon immer eingehalten.

Mit freundlichen Grüßen
Manfred Schreiner

Petra Jacoby

Meine lieben Gäste, Autoren und Autorinnen, Lebenskünstler ihr da alle,

ein Bilderbuch-Ostern bahnt sich da an. Traumhaftes Sommerwetter, explodierende Natur, Vogelgezwitscher und Schmetterlinge, die sich befreit aus ihrem Kokon taumelnd am süßen Frühlingsduft laben.

Wohl denen, die einen Garten oder einen Balkon ihr eigen nennen dürfen oder zumindest noch hinaus dürfen, um im Spaziergang die aus dem Winterschlaf befreite Welt erleben zu können. Und glücklich die, die einen bepelzten Revierkönig beim Schnuppern und Erkunden erleben dürfen.

Und ganz besonders dank denen, die mir so tröstende liebevolle Worte und Zeilen geschenkt haben, wenn mir vor lauter Sehnsucht nach Gesellschaft, dem Austausch, dem Sich-Sehen das Herz so schwer geworden ist.

Seit letzten Dienstag feiere ich: die Wiederkehr des Wassers in meinem Bad. Mein Badeofen, der wegen eines Wasserrohrbruches ein paar Jährchen nur zur Zierde mein Badezimmer schmückte, ist wieder angeschlossen. Schaffe ich doch alleine ... so der Plan seit dieser Zeit. Jedoch dank Fürther Mare, meinem zweitem Zuhause, mit Yoga und Duschen (ohne Anschüren), immer nach hinten geschoben. Das ja jetzt seit dem 17.3. geschlossen ist. Kurzum: damit war mein Leidensdruck erwacht.

Der Plan folgender: zuerst die Wand um das neue Wasserrohr schnellzuzementieren, dann nur das neue Eckventil (noch rechtzeitig vor der Schließung beim Wolf am Fürther Bahnhof gekauft) reinschrauben (natürlich vorher das Wasser abdrehen – bei mir außerhalb des Häuschens im Gewölbekeller und ... etwas älteres Semester, da lief das Bad schon etwas voll, bis ich das mit Zange und Hammer komplett zu hatte) und dann trara – so dachte ich – das dünne Wasserrohr vom Badeofen im rechten Winkel an den zweiten Anschluss im Eckventil anschließen gleichzeitig mit dem Draufsetzen des Abzugsrohrs oben am Badeofen zum Kamin hin.

Schweißgetränkt 1 Stunde später letzten Samstag: Eckventil drinnen, Badeüberschwemmung aufgesaugt, Eckventil dicht, jedoch Anschluss an Badeofen sowie gleichzeitiger Anschluss Kaminrohr oben in weiter Ferne. Des wird nix. Da muss der Handwerker her. In Corona-Zeiten. Hilft ja nix.

Noch mal mit Gießkanne geduscht. Ein Unterfangen, das ich jedem, der mal etwas Abwechslung in sein Leben bringen will, nur empfehlen kann.

Jedenfalls: diesen Dienstag 14:00, Handwerker der Fa. Müsch fährt pünktlich vor. Ich die halbe Nacht nicht geschlafen, weil ich gelesen hatte, dass dieser Virus sich – so sind sich alle mittlerweile ziemlich sicher – über die Aerosolwolke, die so ein Mensch ausatmet, weiterverbreitet. Und so eine Wolke schon mal gut und gerne drei Stunden abhängt mit dem Virus auf Hab-Acht. Im Vergleich dazu zu sehen: mein Kater, wenn er geduldig vor einem Mauseloch stundenlang reglos ausharrt.

Gegenüber sitzt die Nachbarin vor ihrer Haustür, erfreut, dass ihr endlich mal was geboten wird. Und das wird es! Denn ich habe die uralt Mundschutzmasken rausgekramt, die ich da noch hatte. Und drücke eine dem verdutztem Handwerker in die Hand, während ich mir eine überziehe. Na ja, mein Bad hat 4 qm.

Denn ich bin alleinerziehende Mama. Katermama. Ich. Darf. Nicht. Ausfallen. Punkt. Er verstand. Und ich glaube, zum ersten Mal wurde ihm so richtig bewusst, in was für einer Zeit wir leben.

Seine Brille lief an wie meine. Die Maske. Er arbeitete im Affentempo. Neues Rohr vom Eckventil zum Badeofen hingebogen, zwei neue Klemmschrauben dazu, sonst hält des nicht dicht. Dann: der Kaltwasserhahn tropfte. Die Schraube innen verrostet. Mit Brachialgewalt abgezangt. Neuer Kaltwasserhahn im Handwerkerauto. Hingeschraubt. DICHT! Halbe Stunde gebraucht, 1 aufgeschrieben. Hin- und Rückfahrt dazu, erklärte er. Oder ... dachte ich: Gefahrenzulage.

Danach Badputzen, einschüren und dann duschen. DUSCHEN. Mit heißem Wasser, das von oben von alleine kommt. Ich kann mich einseifen. Ohne gleichzeitig die schwere Gießkanne zu jonglieren. Ein Traum. Besser als alles, was ich je hatte in meinem Leben...

Und seitdem sage ich mir: hab ich es gut. Ich kann jetzt jederzeit duschen. Ich bin autark. Das Wasser und das Holz zum Wasserwärmen alles da ....

In diesem Sinne grüßt euch eine beseelte Petra

und wünscht euch allen glückliche Ostern in beschränkten Zeiten

Fr. 10.4.

Norbert Autenrieth

Mensch, ärgere dich!
Nicht! Das ideale Spiel
zur Coronazeit!

Tagebuchnotizen Norbert Autenrieth

Karfreitag. Man mag die üblichen Routinen gar nicht mehr erwähnen. Aber: Es ist ein wunderbares Frühlingswetter. Nachmittags mit Fahrrad nach Zirndorf mit Halt auf einer Treppe sitzend am Stadtpark von Zirndorf mit alkoholfreiem Bier – welch Unterschied zu einem Biergarten! Sehr viele Leute unterwegs, durch die Bank vernünftig. Pfarrer Hermanys „Gottesdienst" im Video.

Erich Hübel

Liebe Freunde,
seit meiner letzten Sammelmail vom 04.04. sind wir schon wieder sechs Tage näher am Ende der Corona-Krise!
Das ist doch wenigstens eine kleine gute Nachricht in unguten Zeiten.
Zur Aufheiterung Neues vom Osterhasen
auf der Seite weiter unten.

Zwei Meter Abstand halten,
meistens daheim und immer gesund bleiben!
Ich wünsche, natürlich auch im Namen von Birgit,
allseits "Frohe Ostern"!

Erich

Die Dooch hodd der Osderhos a Bressekonfernds gehm,
obber wecher dem gansn Corona hamm's nix im Fernsehn bracht.
Desderweng kummd do edsd des, wos i miedgschriem hobb:
„Liebe an mich Glaubende, leider hamm des meine Lieferandn-Henner*
ah in dem Johr widder nedd dsammbrachd, dass die Osdereier endlich vegan sinn.
Obber sie hamm mier versicherd, dass wenichsdens
ka Corona-Virus drin is!"

*Man beachte die elegante gendergerechte Sprache

Petra Embacher

Liebe Wortkünstler-Kolleg*innen,

vielen Dank Euch allen für Eure Haiku, Texte und Literatur-Empfehlungen, für das Teilhabenlassen an Euren Gefühlen, Osterplänen und Überlegungen, wie es nach Corona weitergehen könnte.
Ich freue mich auf viele weitere Mails von Euch – hoffe, mich bald an dem regen Gedankenaustausch wieder aktiv beteiligen zu können – und wünsche Euch allen ein frohes Osterfest, im Vertrauen darauf, dass es nicht mehr zu lange

dauern wird, bis wir auch die persönlichen Kontakte zu all unseren Lieben wieder aufnehmen können.

Osternestsuche

diesmal leider einsamer –
Süßes schmeckt trotzdem!
Die Weihnachtsgurke suchen
wir wieder vereint!

Herzliche Grüße
Petra

Walter Tausendpfund

Osterzeit: Die Ungeduld wächst...

10. April: Karfreitag:
Di Kränk machd uns klaa, arch klaa,
manche klaane als klaa...,
andre wern arm...
Auswech is kaane...

Di Kerng sen zou,
Goddesdiensde sen normal kaane,
de Babsd is allaans in sain Dom...

Nix wos sunsd woor is dees Joohr...
kaa Osdebrunne
mid Bensele
und farbiche Gaggele,
kaa Osdewasse machd schee,
kaa Dourisdn derfn naus
und fodografiern...

Sa. 11.4.

Norbert Autenrieth

Duftender Weißdorn,
ein Hauch grün am Strauch, sagt uns:
Aufbruch trotz Allem!

Tagebuchnotizen Norbert Autenrieth

Corona wie üblich. Aber. Es gibt ein Hin- und her zwischen den Familienmitgliedern, wie man die „Osterbegegnung" gestalten kann. Gegenseitiges verstecken am Osterweg wie sonst, aber im halbstündigen Wechsel der Suche des Versteckens. Pro und Contra.
Vormittags Osterkarte fertig gemacht und „in alle Welt" geschickt. Nachmittags mit E. Spaziergang „Kaskade" – Weiherweg.

Irmtraut Glossner

Lieber Norbert,
vielen Dank für die Ostergrüße

von mir ein Gruß

Nicht alles ist abgesagt
Der Frühling ist nicht abgesagt
Das Vogelzwitschern ist nicht abgesagt
Lächeln ist nicht abgesagt
Lesen ist nicht abgesagt
Beten ist nicht abgesagt
Singen ist nicht abgesagt
Staunen ist nicht abgesagt
Zukunft ist nicht abgesagt.

Hoffnung ist jetzt angesagt.

Frohe Ostern
Irmtraud

Hermann Lahm

Lieber Norbert, lieber Gerhard, lieber Walter
wenn wir uns schon nicht treffen können, dann schick ich wenigstens einen Text mit, der von Corona beeinflusst ist.
Lieben Gruß und ein schönes Osterfest trotz vieler Regularien zur Eindämmung der Krise (diesmal für mich als Kirchenmusiker auch ohne Gottesdienste, ohne Chor, ohne Orgel – ganz wos neis, ober niad schöi). Je länger wir die Einschränkungen einhalten, desto schneller könnte der Spuk vorbei sein. Ich hoffe es – trotz aller Probleme für die Wirtschaft, Wirtschaften usw.........
Mein alter Arbeitgeber kann einiges zur Linderung beitragen – Bewilligung von Kurzarbeitergeld durch die BA)
Hermann

Nicht alles ... Nicht alles, was ich nicht habe, fehlt mir. Nicht alles, was ich nicht weiß, macht mich dümmer. Nicht alles, was ich nicht kann, macht mich weniger „begabt“. Nicht alles, was ich nicht besitze, macht mich ärmer. Nicht alles, was ich nicht sehe, schränkt meinen Horizont ein. Nicht alles, was ich nicht mache, macht mich weniger eifrig. Nicht alles, was ich nicht glaube, macht mich ungläubiger. Nicht alles, was ich nicht höre, macht mich tauber. Nicht alles... Nicht vom Corona-Virus infiziert sein macht mich gesünder, glücklicher, froher, dankbarer, zufriedener, weitet meinen Blick – trotz des Elends für viele Menschen.

So. 12.4. Ostern

Norbert Autenrieth

Eier verstecken
kann jeder. Wir an Ostern
verstecken uns selbst.

In üblen Corona-Zeiten
müssen selbst die Hasen leiden.
Würden gerne sich beschnuppern
und zusammen Gräslein futtern.

Doch lassen sie sich´s nicht verleiden
Ostern gemeinsam zu bestreiten.
Wie sonst immer Seit an Seit -
wenn auch der Abstand etwas weit.

Tagebuchnotizen Norbert Autenrieth

Wenigstens wieder strahlendes Wetter – zumindest bis Abend. Nach schönem Osterfrühstück und Schweinebraten zu Mittag am Nachmittag mit Ju und Familie und Th. und Familie und M. beschränkter Osterspaziergang. Jede Familie platziert im Abstand von 30 Minuten Nestchen und sucht entsprechend an der Buchspitze. Am späten Nachmittag Schafkopf mit M. Abends Routinen.

Erika Hauswirth

Lieber Norbert,
danke für deine Ostergrüße und alle anderen Botschaften, Gedicht usw. Nachdem ich mit manchem nicht zurecht kam, habe ich mir vorgenommen Unterricht bei einer PC-Lehrerin zu nehmen, falls sie weiterhin in der Zeitung inseriert, dass sie privat Unterricht erteilt. Bei deiner ersten Sendung hörte ich dich immer in der Ferne sprechen, konnte aber leider von der Erzählung fast nichts verstehen. You tube ging dann. Mir fehlen einfach viele Grundbegriffe. Im Beruf hatte ich immer eine Schreibkraft.

Liebe Grüße und frohe Oktern, wie der Emil so schön beim Kreuzworträtseln sagte.

Erika

Jutta Dörnhöfer-Schneider

Liebe Wortkünstlerinnen und Wortkünstler

ich wünsche Euch allen Frohe Ostern!

Kein anderes christliches Fest drückt das Prinzip Hoffnung so stark aus, wie Ostern. An keinem liegt das Ende und der Anfang so nah beieinander. Aber auch für Menschen ohne religiösen Bezug symbolisiert das Osterfest Aufbruch und Neuanfang. Die Bäume und Sträucher stehen in voller Blüte. Wiesen und Beete zeigen sich in all ihrer Pracht. Die ersten Schmetterlinge sind unterwegs. Bienen summen und

Vögel zwitschern. Der Himmel so blau wie nie, ohne störende Kondensstreifen. Die Sonne voller Kraft.

Ich wünsche Euch und uns allen, lasst Euch anstecken von dem schönen Gefühl des Aufbruchs in eine neue Zeit. Wie die aussieht, liegt ein bisschen auch in unserer Hand.

Walter Tausendpfund

Lieber Norbert,
vielen Dank für die sinnige Oster-Post.

Ostersonntag

Oosdefeideech kumme,
dees Wede e Gedichd...
de Früühling wehd sai blaus Band,
Sunne den ganzn Dooch,
e Werm zen Boodn in de Sunne...

Am Wechrand bläihe Vachele,
Hufladich laichdn gelb,
Buschwindrösle grüßn,
die Schlehe sen aa bald sowaid,
Kirschn wolln blüühe...
E Brachd
„als weer's Manna edseled grood
roo vom Himml gfalln..."

Jede Vogl derf edsed mehr,
wäi wild rasns durch d Büsch,
manche baud scho sai Nesd...
Schmeddeling denne fläing,
Bienle und Hummeln summe rum...

Göde hed sai gressde Fraid ghabd,
e Brachdweede fier en Osdeschbaziergang:
e Weede fier kurze Hemed,
Demperadurn wäi ofd im Summe ned:
Suu schee wor's ze deerer Zaid
scho lang nimme...

Abbe haie kaa grouße Schbaziergäng
mid de nain Gwende,
kaa Naafschdaing af Berch,
kaa Boodlefohrn,
kaa lusdichs Essn und Drinkn
im Werdshaus
odde im Gardn devuur...
Es is ja alls verrammeld und zou!

Schdadd dessen hogg me meisd rum,
grood e weng koo me naus,
mou abbe aafbassn,
dass me de Laid ned ze nah kummd...,
wer waaß, wos se im Hals hom...

Wäi lang no
soll dees fier uns so geh?
Zerschd will kaane wos soong:
Exid derf ned sai...

Und di Brognosn
wern imme
schlimme:
Sens noch Wochn,
Monad goor
odde nu lenge?

Manche is drum lengsd alles
scho wurschd,
pfeifn aaf alles,
winkn lässig ab:
Ubbs! wos soll's?

13.4. Ostermontag

Norbert Autenrieth

Viraler Effekt:
Alle glauben selbst Dinge,
die sie nicht sehen.

Tagebuchnotizen Norbert Autenrieth

Am Nachmittag kommt S. mit Familie – außer N. Können mit Fahrrad nicht zurück. Kalt und Regen. Chr. holt sie. Co.-Fälle sinken (angeblich?) – nicht in den USA. Österreich beginnt zu lockern ab Di.

Korbian M. Reinders

Juhuuu – es regnet! Das heißt: heute grillen wir nicht (draußen). Die Spatzen haben sich in den Meisennistkasten verzogen. Spatzen sind ja nicht blöde – Meisen offenbar schon, denn die sind noch Außen. Die Amseln hüpfen im Regen umeinander und die Eichelhäher, die im Efeu über dem Fenster ein Nest gebaut haben, sind auch «inhäusig». Warum ich mich freue? Ich habe den Garten gedüngt und gewässert, habe nachgesät, wo das Gras dürftig geworden ist – da ist so ein Guss von oben himmlischer Segen.
Den Ostersonntag haben wir sehr lustig verbracht: Tochter S* hat einen virtuellen Treff eingerichtet, um 11 Uhr sind so nach und nach die ganzen Mitglieder aufgeschienen und alle haben durcheinander geredet. So, wie bei einem echten Treffen eben auch. Nur: dass das Bild öfters eingefroren ist,

und meist dann, wenn ein Mitglied der Familie grade eine komische Grimasse gemacht hat, war natürlich extra lustig. Auf diese Art haben wir quer durch Deutschland eine Kette von Leipzig über Gebersdorf und Stein nach Heilsbronn und Weikersheim gezogen. «meet» heißt die Site, die so etwas ermöglicht hat.
Was zu Ostern gab es auch noch: mein kl. Enkel hat Oma und Opa ein Paket geschickt – mit einem Schoko-Nikolaus(!) ein bisschen Krimskrams und einem ganz lieben Osterbrief mit einer Unmenge allerliebster Rechtschreibfehler. Ist ja Schulanfänger! Die dürfen noch so schreiben, wie sie sprechen! Herrlich! Und natürlich erst am Ostersonntag ausgepackt! Nachmittags sind wir spazieren und abends war dann grillen angesagt. Eine durchschlendernde junge Katze hat auf diese Art ein gebratenes Würstchen abbekommen – das sie erst sehr misstrauisch, aber dann doch gnädig angenommen hat. Darnach ist sie mit erst hochgestelltem, am Eck waagrechten Schwanz von hinnen gegangen. Mrau
Also: auch beim Sektempfang Abstand halten – und gesund bleiben. Inwiefern Haikusse der Gesundheit schaden, wurde noch nicht untersucht. Wäre aber psychomedizintechnisch sicher interessant. *grins

Liebe Grüße
Korbi

Manfred Seifert

Ein sehr ruhiger Tag

Jedes Jahr die unvermeidlichen Aufnahmen von kilometerlangen Staus im automobilen Anflug auf den Süden, oder am Ostermontag den dichten Rückreiseverkehr auf den Autobahnen. Stockend. Stehend. Staunend. Immer wieder, aber ganz normal inzwischen. In den Nachrichten war man daran so gewöhnt wie an die Zusammenfassung der konfessionellen Osterbotschaften und die Einblendung von ein paar bunten Ostereiern vor der Wettervorhersage. Heute sehen wir ganz andere Bilder. Freie Durchfahrt am Inntal-Dreieck, am Irschenberg, auf der Münchner Ost-Umfahrung, nur ein paar Autos und Versorgungs-LKW zu sehen auf den Autobahnen um Nürnberg, Frankfurt und Köln. Nur an den Grenzübergängen wird genau kontrolliert, wer warum ein- oder ausreist. Auf den Nürnberger Ring- und Ausfallstraßen nur vereinzelte Fahrzeuge, erst gegen Mittag gesellen sich doch mehr und mehr Cabrio-Schaufahrer und Knatter-Motorräder dazu, man muss ja schließlich gesehen und gehört werden, wenn man schon keine weiteren Ausfahrten unternehmen kann. Der größte Teil des Verkehrsaufkommens hat sich verlagert. Auf Fahrräder aller Art, deren Fahrer mit sehr unterschiedlichen Geschwindigkeiten unterwegs sind und deren Beherrschung manchen schwer fällt, weil sie sonst nie auf zwei Rädern unterwegs sind. Auf die Dynamiker- und Spaß-Armada von Elektrorollern, deren Besatzung kurzerhand irgendwo abspringt und die lautlosen Rent-a-Scooter mitten im Weg stehen lässt. Auf die Scharen von Joggerinnen und Joggern, die Rücksicht nehmen, wenn sie einzeln oder im Duo laufen, bisweilen aber auch im Doppel-Quartett in breiter Front daher traben. Wir haben uns heute für eine kleine Radtour ins Blaue entschieden, d.h. ins frische Grün des Reichswalds, dessen Wegenetz weitaus dichter ist als wir bisher erlaufen haben. Nach einer Schau-Brotzeit am Valznerweiher kehren wir wieder zurück in die häusliche Ruhe.

Di., 14.4.

Norbert Autenrieth

Ostern ist vorbei:
froh? einsam? lustig? traurig?
zumindest anders!

Tagebuchnotizen Norbert Autenrieth

Schöne Überraschung. Rezension Abendroth in FN – gut geschrieben. Vormittags mit Umformatieren und Versenden verbracht. Aquarium. Nachmittags Routine. Corona verlangsamt sich. Es nervt.

Walter Tausendpfund

Was bringd di nächsde Zukunft?

Dees soo und e soo
semme ned gwohnd,
hod's doch no nie
soo gehm
bai uns doo
said ewiche Zaidn ned...

Schon kumme
die Erschdn aus de Vesenkung...,
wolln dord loggern
und dord...

Kaane waaaß bald mehr,
wos gild...
Derf me non aus,
derf me in d Sunne,
derf aaf e Benk...?

Doo derf me dees,
dordn dees...
Wos eds bai uns?

Werd's besse in aane Wochn
odde erschd in en Monad,
ward me nu lang...?

Manche soong erschd im Herbsd,
ande maane,
erschd nexds Joohr
werd's annerschd...

Wäi semme dann beienand?
Homme dann wos glernd?
Odde wor alles umesunsd...?
Semme suu dumm,
wäi me worn?

Wäi dees alles waidegehd,
main me seegng...
uns blaibd ja nix als wardn...
und dann schraib iich aa waide.

Mi., 15.4.

Norbert Autenrieth

Entspannung total!
Verdauung neu aufnehmen!
Es gibt Klopapier.

Tagebuchnotizen Norbert Autenrieth

Rasen gemäht bei strahlendem Sonnenschein. Nachmittags Spaziergang Schöner-Weiher. Erste Lockerungen im Shut down. Kleine Geschäfte dürfen wieder öffnen, Baumärkte und Gärtnereien. Schulen für Abschlussschüler. In Bayern alles etwas später als ansonsten.

Walter Tausenpfund

Kumme raus aus dem Dilemma?

Nach-Osder- Woche:
Eds nooch de Feideech
rodierd die Groß-Bolidig:
Die Laid wolln „Exid“
Es Wede woor doch so schee...:
Raus aus deene enge Vorschrifdn
Und wiede mehr vom fraie Leehm...

Abbe wou soll mern oofange?
Bei Klan in Kida und Grundschul?
Bei de Größern, däi bald Brüüfunge hom?
Soll me Gschefde aafmachn?
Mäin alle Gsichdsmaskn droong?

Je mehr rumgeierd werd,
umso mehr Ideen kumme aaf...
goude und bläide...,
aa saubläide...

In welchene Gschefde
soll mern wiede kenne?
Solln di Klan waide zoublaim
und die Groußn es Geld machen?

Sedsd si de schnelle Lasched durch
odde de e wenig langsamere Sööde?
Bolidische Weddkambf aaf offene Bühne!

Gereede, Gereede, Gereede...
Am Schluss waaß nimme,
wos gild:
Jeds Bundesland e weng anderschd,
haid so und morng so,
jede schreibd so odde so,
wos gild schded iiberol
e weng anderschd...
und wennsd maansd es is so,
is villaichd scho wiede geänderd worn...

Margit Heumann

Weißt du noch,
wie unbekümmert wir mit Nachbarn schwatzten,
wie angenehm wir mit Kollegen zusammenarbeiteten,
wie entspannt wir uns mit Freunden trafen,
wie pflichtgemäß wir Verwandte einluden,
wie liebend gern wir die Enkel hüteten,
wie unbefangen wir Veranstaltungen besuchten,
wie ausgelassen wir Feste feierten,
wie grenzenlos wir reisten und urlaubten,
wie selbstverständlich wir die Öffis benutzten,
wie leichtfertig wir uns jede Freiheit nahmen,
wie sorglos wir Hände schüttelten,
wie bedenkenlos wir auf Tuchfühlung gingen,
wie schön es war, Menschen zu begegnen,
nicht Virenträgern und Superspreaders.

Do., 16.4.

Norbert Autenrieth

Ich nehme ein Bier
und setzt mich ganz allein
in den Biergarten.

Tagebuchnotizen Norbert Autenrieth

Auch heute schönes Wetter. Fahrradfahrt Neustadt nach Uehlfeld. Mein Haiku (Biergarten) bewahrheitet sich. Ein einsamer „Sitzer" im Riesenbiergarten in Neustadt. Gutenstetten: sehr schöner Johannisaltar. „Storchenherde" bei Dachsbach. „Picknick" an der Aisch – wie früher.

Norbert Autenrieth

Frühlingserwachen

Das Frühjahr ist für Poeten eine ganz furchtbare Zeit: Das Grün so frisch, der Wind so lau, der Himmel so blau, der Duft so süß, der Vogelsang so erhebend. Wann kommen wohl mehr Klischees zusammen? Im Herbst vielleicht. Ich schreibe aber so etwas nicht, das ist was für Frau mit Herz. Trotzdem. Ich will doch schreiben, wie mir das Frühjahr persönlich begegnet. Ohne Klischees. Und so liege ich auf einer Decke auf einem Betonsockel an der Aisch und konzentriere mich darauf, was ich sehe, höre, schmecke und fühle. Zunächst ist der Betonsockel hart, aber nicht unangenehm. Ich liege gerne hart. Und ich liege auf dem Rücken und schaue in den Himmel. Und der ist wirklich blau. Tiefblau. Was soll

ich machen? Direkt einschläfernd das Plätschern des Wassers, das hinter mir über ein Wehr in das tiefer gelegen Altwasser murmelnd hinunterfällt, ja es murmelt. Ein wirklich beruhigendes Plätschern, so gleichmäßig und unaufgeregt. Wenn ich meinen Blick auf das Ufer richte, dann steht dort der dicke Stumpf einer Weide, die man offenbar rigoros in zwei Meter Höhe aller ihrer Äste beraubt hat. Ein einziger dünner Ast ragt aus dem Stamm in die Höhe. Die Knospen lassen das frische Grün der Blätter schon durchscheinen- da habe wir es! Und jetzt, da klappert doch etwas! Tatsächlich, es ist ein Storch, der auf dem Kirchturm von Dachsbach sitzt, den Kopf zurückgestreckt und herausfordernd laut klappert. Als ich mich aufrichte, sehe ich doch unweit einen anderen Storch durch die Wiese – Achtung! – stolzieren. Stolzieren. Störche stolzieren immer. Furchtbar. Aber so ist es halt. Kann man irgendwie nicht anders sagen. Und dass der Löwenzahn und das Wiesenschaumkraut bunte Tupfer in das Grün der Wiesen zaubern, fällt mir gerade auf. Oder fällt es mir ein, weil ich es mal gelesen habe? Ach, es ist furchtbar mit dem Frühjahr und der Poesie!
Wonach riecht es hier eigentlich? Offensichtlich ist hier unlängst geodelt worden. Es stinkt. Gottseidank.

Jutta Dörndörfer-Schneider

Lieber Norbert, da kann man mal die Macht des Wortes sehen
Deine Haikus gehören für mich zu den Highlights des Tages

Liebe Grüße
Jutta

Fr., 17.4.

Norbert Autenrieth

Entspannung total!
Verdauung neu aufnehmen!
Es gibt Klopapier.

Tagebuchnotizen Norbert Autenrieth

Übliches. Georg A. Corona seit 3 Wochen in Quarantäne, I. Arm gebrochen beim Fahrradfahren. Wir gesund. Nachmittags allein mit Fahrrad zu S., Baumhaus anschauen. M. abends: gemeinsames Fischessen. Kartenspiel.

Manfred Seifert

Ein sehr ruhiger Tag

Jedes Jahr die unvermeidlichen Aufnahmen von kilometerlangen Staus im automobilen Anflug auf den Süden, oder am Ostermontag den dichten Rückreiseverkehr auf den Autobahnen. Stockend. Stehend. Staunend. Immer wieder, aber ganz normal inzwischen. In den Nachrichten war man daran so gewöhnt wie an die Zusammenfassung der konfessionellen Osterbotschaften und die Einblendung von ein paar bunten Ostereiern vor der Wettervorhersage. Heute sehen wir ganz andere Bilder. Freie Durchfahrt am Inntal-Dreieck, am Irschenberg, auf der Münchner Ost-Umfahrung, nur ein paar Autos und Versorgungs-LKW zu sehen auf den Autobahnen um Nürnberg, Frankfurt und Köln.

Nur an den Grenzübergängen wird genau kontrolliert, wer warum ein- oder ausreist. Auf den Nürnberger Ring- und Ausfallstraßen nur vereinzelte Fahrzeuge, erst gegen Mittag gesellen sich doch mehr und mehr Cabrio-Schaufahrer und Knatter-Motorräder dazu, man muss ja schließlich gesehen und gehört werden, wenn man schon keine weiteren Ausfahrten unternehmen kann. Der größte Teil des Verkehrsaufkommens hat sich verlagert. Auf Fahrräder aller Art, deren Fahrer mit sehr unterschiedlichen Geschwindigkeiten unterwegs sind und deren Beherrschung manchen schwer fällt, weil sie sonst nie auf zwei Rädern unterwegs sind. Auf die Dynamiker- und Spaß-Armada von Elektrorollern, deren Besatzung kurzerhand irgendwo abspringt und die lautlosen Rent-a-Scooter mitten im Weg stehen lässt. Auf die Scharen von Joggerinnen und Joggern, die Rücksicht nehmen, wenn sie einzeln oder im Duo laufen, bisweilen aber auch im Doppel-Quartett in breiter Front daher traben. Wir haben uns heute für eine kleine Radtour ins Blaue entschieden, d.h. ins frische Grün des Reichswalds, dessen Wegenetz weitaus dichter ist als wir bisher erlaufen haben. Nach einer Schau-Brotzeit am Valznerweiher kehren wir wieder zurück in die häusliche Ruhe.

Sa., 18.4.

Norbert Autenrieth

Ich nehme ein Bier
und setzt mich ganz allein
in den Biergarten.

Tagebuchnotizen Norbert Autenrieth

Vormittags herumkrautern. Nachmittags mit Ju. und Familie wandern Schüttlermühle (Pottenstein) (2,5 h). Anschließend zwischen den Bussen Kaffee und Kuchen. Sehr entspannend.

Erich Hübel

Liebe Empfänger meiner Sammelmail,
aus vielen netten und zustimmenden Rückmeldungen zu meinen vergangen Mails wage ich ablesen zu können, dass man sich mancherorts durchaus über meine Versuche freut, mit etwas Humor diese schwierige Zeit ein bisschen zu erleichtern.
Deswegen hier der nächste Versuch.
Bleibt körperlich auf Abstand und – damit hoffentlich – gesund!
Erich

Verstörte Musliminnen

Bei uns hamm'ses ja (no) nedd dsur Bflichd gmachd,
obber in Ösderreich müssn si edsd alle Leid
immer suh Masgn vuurs Gsichd hänger, wenns eikaafn gehn wolln.
Die schdreng muslimischn Frauen dordn verschdehn desderwegn die Weld nimmer:
Freyer sinns immer wecher ihrer Burka odder'm Niqab
vo vill Leid beschimbfd odder suhgoor beleidichd und ongriffn worn,
und edsd griengs a Ondseich, wenn si si nedd verschleiern duhn.

Jürgen Leuchauer

Hallo Leute, hier was zum Weiterleiten:

Obbers glabbd odder ned:
Ich hob gesdern wärgli a Kneibndour gmachd.
Ich hob in jeds Zimmer derhamm zwaa Fläschla Bier neigschdelld,
nou bini vo Zimmer zu Zimmer ganger. Wor gor ned su schlechd.

Außerdem: Fränggische Forscher hom rausgfundn,
dass a Seidler Bier dääglich ned blouß gsund is,
sondern aa aweng wenich.

Und: Es gibd Leit, däi wärgli aweng verrüggd wern,
walls zur Zeid eigschberd sin.
Ich hob des grod mid meiner Migrowelln und midn Dousder beschbrochn.
Mir sin uns einich, dass mer nemmer mid der Waschmaschiner redn,
däi verdrehd nämli immer alles.

Zum Schluss: Wer mehr wäi 10 Rolln Gloobabier derhamm hod,
wärd ab soford zur öffndlichn Doileddn erglärd.

Besde Grüüüße und
Gsund bleim – gell.

Gruß Jürgen.

So., 19.4.

Norbert Autenrieth

Ein neues Hobby:
Wir designen Mundschutze.
Demnächst Ausstellung!

Tagebuchnotizen Norbert Autenrieth

Sonntag. Nachmittags eigentlich Fortsetzung des Aischprojekts geplant, aber E. will wegen Windes nicht Radfahren. Dafür kleine Wanderung in und um Uelfeld mit vielen Störchen und altem jüdischen Friedhof. Sonst Routine.

Margit Heumann

Veranstaltungen verschoben, Buchhandlungen geschlossen, Lesungstermine abgesagt – was liegt näher als im homeoffice den nächsten Buchtrailer zu kreieren. Diesmal für Mein schräger Blick auf Wien.
Wen's interessiert: Das Ergebnis ist online unter https://www.youtube.com/watch?v=8NVSpIxwemY

Ich hoffe es gefällt und freue mich über Klicks.
Liebe Grüße und kommt gesund durch die ... na, ihr wisst schon!

Margit

Mo., 20.4.

Norbert Autenrieth

Vom Zwange befreit
sind Bau- und Gartenmärkte.
Jauchzet groß und klein!

Tagebuchnotizen Norbert Autenrieth

Ab heute Bau- und Gartenmärkte geöffnet. Spazierengehen mit einer Person erlaubt. Aber die Infektion geht weiter, auch wenn die Verdopplungszahl sinkt. M. da. E. mit ihr spazieren. Abends Schafkopf.

Jürgen Leuchauer

Hier noch ein paar zum Weiterleiten – gell.

Däi hom gsachd, dass Händscher und Mundschudz langer, wemmer af Eikaafm gäiht.
Hobbi gmacht.
Obber di andern hom alle Husn, Hemerdn, Jaggn und Schouh ooghabd.
Allmächd, wor des beinlich.

Ich wor grod bam Subbermargd.
Schdäihd neber mir anner mid zehn Rolln Gloobabier underm Arm.
Nou hobbin ggfrouchd, obber nu ganz gnusdbrich is
und ob des ned aweng bläid wär, wosser dou machd.
Hod der zu mir gsachd, dass wenni mid meiner Sodderei ferdi bin,
dääder gern die Regale weider auffülln.
Bläid gloffm.

Mei Nachberi hod gsachd, sie hädd a ganz dolls Smuuthi-Rezept:
An Abfl, 100 Gramm Wirsching, aweng an Schniddlauch
und a boor Körnla Sunnerblummerkern.
Nou alles mixn, dernouch wechschüddn – und dann a Bierla aafmachn.
Ferdich.

Häuslich-eheliches Zwiegespräch während der Corona-Quarantäne:
Sie Sooch amol, liebsd du mich eigendlich immer nu?
Er No freili
Sie Und wäi lang nu?
Er Bis zum Mond und widder zrügg
Sie Wäi lang genau issn nou des?
Er Bis der Glubb widder deidscher Masder werd
Sie Allmächd, bisd du romandisch

Wenn der ledzde Schdrohalm, an den mer si glammerd,
in am Wisski-Koola schdeggd – gäids eichdendlich.

Manche behaubdn, Bier am Oobnd machd dick.
Derbei wass Bier gor ned, wäi schbääd dass is.

An Gwichd zounehmer in der Corona-Krise?
Su a Gschmarri – ich bass immer nu in die Beddwäsch vom ledzdn Monad nei.

„Woddsäbb"-Wechsel zwischen zwei fränkischen Stammtischkumpels:

Kumpel A:	*Wenn der Scheiß vurbei is, dreffm mer uns af 1–2 Bierla – gell.*
Kumpel B:	*12 schreibd mer ohne Bindeschdrich – verschdandn?*

Viel Schbass dermied.
Beste Grüße vom
Jürgen.

Helmut Herrmann

Corona und ich

Ich habe beschlossen, nächste Woche im Supermarkt keine Maske zu tragen.
Stattdessen werde ich während der Zeit des Einkaufs die Luft anhalten.
Darin bin ich gut, denn ich habe es schon mal eine Minute lang geschafft.
Wenn das Virus nämlich bemerken sollte, dass meine Lunge nicht mehr arbeitet, wird es denken, ich wäre schon tot.
Damit hätte ich es überlistet.
Allerdings: Würde mich jemand kitzeln oder erschrecken, wäre meine Tarnung aufgeflogen.
Aber ich werde üben, üben, üben.

Kollegiale Grüße
Helmut Herrmann

Di., 21.4.

Norbert Autenrieth

Die Kaiserkrone
blüht heuer besonders schön.
Wegen Corona?

Tagebuchnotizen Norbert Autenrieth

Bei Obi für Gartentürchen eingekauft – von Corona wenig zu merken. Spargel für Kinder und M. besorgt. Für Kinder ausgefahren. Stimmung eher schlecht.

Margit Heumann

Liebe Wortkünstler,
heute zur Abwechslung meine Befindlichkeitsmeldung aus Wien, siehe Anhang.

Habt es gut und macht weiterhin einen Bogen um das Virus ...

Liebe Grüße
Margit

Margit Heumann

Der Konjunktiv in Corona-Zeiten

Die Klagen:
Es hätte viel früher reagiert werden müssen.
Corona-Parties hätte es nie geben sollen.
Das Tragen von Masken dürfte das Virus in Schach halten.
So viel Solidarität hätte man nie für möglich gehalten.
Ohne Klopapier wäre die Welt untergegangen.
Zuverlässige Antikörpertests könnten die Lockerungen beschleunigen.
Demnächst sollte die StoppCorona-App funktionieren.
Die Reproduktionszahl müsste deutlich unter 1 bleiben.

Die Sorgen:
Womöglich werde ich in einen Shopping-Rausch verfallen?
Wahrscheinlich werde ich sofort das Bad in der Menge suchen.
Vermutlich werde ich gleich einen Termin beim Frisör machen.
Vielleicht habe ich das Öffi-Fahren verlernt.
Eventuell werde ich weiterhin mit Bankomat-Karte bezahlen.
Voraussichtlich werde ich meinen Veranstaltungsbedarf nachholen.
Unter Umständen werden wir wieder Hände schütteln dürfen.
So Gott will habe ich meinen Freundeskreis durch die Krise gerettet.

Merke:
Hat der Konjunktiv Präsens Hochkonjunktur
verschärft sich die Möglichkeitsform im Futur.

Mi., 22.4.

Norbert Autenrieth

Wo sollen wir nur hin
im September zum Saufen?
Kein Oktoberfest!

Tagebuchnotizen Norbert Autenrieth

Handwerkliche Arbeit ist im Moment besser als Geistige. Den ganzen Tag Gartentürchen gebastelt.
E. mit M. an Michis Grab. Heller an Corona gestorben. Golf zu Pillenstein. ABS-Anzeige

Christa Bellanova

nur nur ist zuviel
wärst doch sowieso nicht hin
saufen geht hier auch

.... nix für ungut , LG, Christa

Manfred Schreiner

Liebe Freunde,

es wird derzeit ja viel Unsinn über Corona verbreitet, leider auch viele Verschwörungstheorien, besonders von Rechtsextremen (die neuste, damit will Merkel das deutsche Volk

vernichten, um mehr Platz für Flüchtlinge zu schaffen) und von Technikfeinden (schuld an Corona sind die Mobilfunkmasten), auch Trump bewegt sich hier auf sehr dünnem Eis (Corona ist eine chinesische Erfindung, um uns zu schädigen). Unser niederbayerischer Trump, Hubert Aiwanger, ist mit seinen disparaten Aussagen oft auch nahe beim totalen Unsinn. Total abstrus finde ich die geplanten Geisterspiele der Bundesliga, damit die kickenden Profis keine Einbußen bei ihren Millionen-Gehältern erleiden müssen. So manches Interview von DFB – Funktionären bestätigt meine Vermutung, dass deren Intelligenzquotient geringer als die Schuhgröße von Nachwuchsspielern ist.
Ein kritischer, immer rational denkender Schulaufsichtsbeamter im Ruhestand, hat mir geholfen, den u.a. Text und die Anlage zu verbreiten.
Ich empfehle die Lektüre, derzeit hat man ja viel Zeit zum Lesen!
Bleibt alle gesund!

Mit freundlichen Grüßen

Manfred Schreiner

Do., 23.4.

Norbert Autenrieth

Jetzt wird es mystisch:
Geister spielen nun Fußball?
Was Corona schafft!

Tagebuchnotizen Norbert Autenrieth

Noch ein „Handwerkertag". Gartentürchen gestrichen und eingepasst, E. Eingang restauriert. Dachrinne Nordseite gestrichen. Kuno-Veröffentlichung ist da. Golf: Radlager: teuere Sache!

Petra Jacoby

Hallo meine lieben Gäste, Autoren, Autorinnen, Künstler*innen des Überlebens und Da-Seins,

ein Frühling wie im Bilderbuch. Nach einem ebensolchen Ostern. Was könnten wir alle miteinander schön beisammen sitzen. Abends im Biergarten oder mit Freunden im eigenen Zuhause. Oder heute bei der kulinarischen Mittagslesung mit unserer wundervollen Autorin Martina Tischlinger.

Und wie ihr grade bemerkt, endlich schaffe ich den Exil-Letter zum 1. Mal (jahaa) punktgenau zum Donnerstag, wie großspurig angekündigt, als alles runterfuhr und uns alle mit einem Leben konfrontiert hat, das wir uns in den kühnsten Träumen nicht hätten ausmalen können.

D.h. ich habe mich arrangiert mit dem, was nicht zu ändern ist. Manchmal mehr, manchmal weniger. Und wie ich der regen Post und Anteilnahme am Exil-Letter entnehme, geht es nicht mir nur so.

Ich freue mich über eure Post. Ja sehr! Und auch über den Trost, der aus den Zeilen hervorspitzt. Ganz lieben Dank, Angelika Krug, für das Frühlingsgedicht von Ludwig Uhland (1787 – 1862):

Die linden Düfte sind erwacht
Sie säuseln und weben Tag und Nacht
Sie schaffen an allen Enden
O frischer Duft, o neuer Klang
Nun armes Herze sei nicht bang
Nun muss sich alles wenden

Und einen ganz besonderen Dank an unsere heutige Autorin. Wir wären alle dagewesen! Das weiß du! Zur Vorstellung deines neuen Buches „Camping mit Mord“. Deinem vierten, nein fünften Krimi beim Emons Verlag.

Weißt du noch, wie du dein erstes Buch „Kloß mit Soß“ als Lesung vorgestellt hast. Im Café am Park. Du kamst an und ich fragte dich, ob du auch ein paar Bücher zum Verkauf dabei hast. ??? (Ja, auch ich lerne bei „doing“.) Du bist dann rüber zum Edelmann und zum Jungkunz geflitzt, hast alle deine Bücher aufgekauft.... Und es waren nicht genug, weil jeder eines wollte. Weißt du noch?

Und wie du diese deine Bücher vorstellst. Du nimmst uns mit auf eine Reise, so dass man am Schluss der halben Stunde wissen muss, wie die Geschichte ausgeht. Ja, das bist du! So danke ich dir von Herzen für diesen einzigartigen Brief von dir. Und weil auch du so gerne heute bei uns gewesen wärst, möchte ich ihn mit allen teilen. Wenn wir heute schon dich und deine Lesung in natura nicht erleben können.

Martina Tischlinger

„Liebe Petra,

vielen lieben Dank für deine Exil-Letter.

Ich freue mich so riesig, dass der Kater an deiner Seite ist!!!

Dachte mir, ich erzähle jetzt auch ein bisschen davon, wie es mir während Corona so ergeht. Deine Erlebnisse habe ich regelrecht aufgesaugt :)

Wir nutzen unseren Balkon so viel wie noch nie – haben ja auch Glück mit dem Wetter! Am Wochenende frühstückt das ganze Mietshaus zusammen, von überall hörst du leise Gespräche, mal ein Lachen, Geschirrgeklapper und es riecht nach Kaffee. Ist auch
irgendwie schön, das hatten wir noch nie. Und wann waren wir alle samstags daheim und lassen uns ein Gläschen bei Kerzenschein am Balkon schmecken?

Mein Mann macht Homeoffice (ich darf nur bei den Telekonferenzen nicht ins Zimmer
hereinplatzen) und wenn ich daheim bin und schreibe, verbringen wir unsere „Pausen“ am Balkon (der Lavendel spitzt schon raus – und die Minze).

Du wolltest ja gerne etwas Aufbauendes hören. Eines beeindruckt mich besonders. Das sind für mich richtige Gänsehautmomente (angenehme). Wenn ich morgens an der Insel Schütt und Pegnitz entlang zur U-Bahn (!) gehe (ich kann mit einem Passagierschein zur Arbeit), lächeln wir Frauen uns zu. Fremde Frauen. Wir würden sonst, in Gedanken schon beim Job, aneinander vorbeigehen. Nun sehen wir uns nur an, wissen, und lächeln uns zu. Sooo schön, hoffentlich bleibt das!

Meinen Weg in die Arbeit genieße ich sowieso. Morgens Viertel vor sieben, nur die zwitschernden Vögel, die Gänse und Enten machen ihren herrlichen Radau. Das rauschende Pegnitzwehr. Die Stille. Ja, das mag ich.

Ich schreibe natürlich wie ein Weltmeister. Ich habe gehört, andere Autoren haben eine Blockade. Ich schreibe mir in Romanform mit tagesaktuellen Ereignissen alles von der Seele in Romanform mit den tagesaktuellen Ereignissen. Bin derzeit noch im März 2020 und selbst verblüfft, was seitdem passiert ist und wieviel Hoffnung da noch war: So schlimm wird es schon nicht werden ...

Hoffnung ist sowieso mein großes Wort. Ich bin ein Mensch, der natürlich auch mal ein Tief hat, aber immer das Licht am Horizont sucht und sich dran festhält.

Wir müssen da durch, Stück für Stück, es bleibt uns ja gar nichts anderes übrig. Wir müssen dem Ganzen mit Respekt begegnen, aber Panik und den Kopf verlieren nützt nichts. Ich habe einige Kolleg*innen, die recht verzweifelt sind. Aber ich sage: Da kommen wir durch!

Und ich freue mich über die kreativen Sachen, die plötzlich entstehen. Wer hätte das gedacht? Und schau, was alles geht, wenn man nachdenkt. Alleine schon die Restaurants – sie müssen ja was tun, wenn sie überleben wollen. Sonntagsbraten-Lieferservice und to go. Sternerestaurant kocht Eintopf zum Abholen. Küchen kochen für Obdachlose und Helfer. Lebensmittel gehen an die Tafel. Nachbarschaftshilfe.
Gymnastik und Musik am Balkon. Desinfektionsmittel produzieren statt Obstler. Zur Ruhe kommen. Nicht immer auf Achse sein müssen. Mein Mann kocht derzeit mehr (und kreativer) als ich.

Schade ist, derzeit können wir nicht auf unseren Campingplatz an der Naab. Und unser gebuchter Mallorca-Urlaub im Mai fällt flach. Gut, werden wir die Zeit und Natur halt anderweitig genießen ;) Es soll vielleicht so sein ...

Worüber ich sehr glücklich bin, noch sind alle meine Freunde und meine Familie gesund geblieben. Mit meiner Mutter, sie wird 85, habe ich mich in den Kontaktverbot-Wochen zweimal getroffen (mit viel Abstand und auch nur auf einen kurzen Plausch). Ansonsten telefonieren wir täglich (oder sehen uns zufällig im Supermarkt).

Worauf ich mich besonders freue: Auf die Treffen, die ich mit allen möglichen Leuten vereinbart habe, für dann, wenn alles vorbei ist. Dann aber! Vielleicht machen wir alle ja auch zusammen eine große Party.

Was natürlich auch schaaade ist, am Donnerstag hätten du und ich und all deine netten Gäste uns im Café am Park zur Lesung getroffen. Ich hoffe, die Besitzerin des Cafés verliert nicht den Mut und kann weitermachen!

Liebe Petra, lange hast du nichts von mir gehört, aber jetzt bin ich so richtig ins Plaudern gekommen.

Bleib gesund! Verlier´ nicht die Hoffnung! Du hast deinen Kater und viele nette Menschen, die sich auf dich freuen.

Bis hoffentlich bald!

Deine Martina aus dem fernen Nürnberg

Petra Jacoby

Du berührst mich mit deinen Worten. Wieder mal. Und dem gibt es nichts hinzuzufügen, außer, dass wir alle mit Maria, unserer Wirtin vom Café am Park sind, daß sie durchhält. Weil, wo sonst als in diesem Nebenzimmer, sollen unsere Lesungen stattfinden.

Natürlich mit Mundschutz, sobald wir dürfen. Den nehmen wir dann nur kurz ab, um was zu trinken und zu essen...

Apropos Mundschutz: meine liebe Nachbarin hat mich am Montagmorgen mit ihrem selbstgenähten Exemplar überrascht. Und erfreut! Doppelt-genäht mit biegsamen Draht und über die Ohren zu hängen. Schönster Stoff. Wer möchte, darf sich melden. Sie hat Ja gesagt, uns damit zu versorgen. Natürlich gegen Unkostenpreis. Ihre Nähmaschine und sie sind bereit. Wer mag, meldet sich.

Ach ja, der Flieder blüht und duftet. Mein Revierkönig hat eine Maus erlegt im eigenen Garten. Was für eine Freude!

Lasst euch ganz feste einwickeln in Gedanken und virtuell halt. Und in Martinas Sinne das Licht am Horizont suchen.

Alles Liebe und alle Gesundheit

Eure Petra

Fr., 24.4.

Norbert Autenrieth

Der Mai steht ins Haus
und wir bewegen uns doch
noch auf dünnstem Eis.

Tagebuchnotizen Norbert Autenrieth

Rasen mähen und Einkauf. Bier/Lidl/Obi/Spargel, Golf geholt. Nachmittags Schreibtisch, abends Karten und Codename mit M. und Al. Spät: 2:30 Uhr.

Elfie Bach

Lieber Norbert,
Du hast mich inspiriert ;-)

Wütender Ostwind
Blütenstaub in den Lüften
Regen heiß ersehnt

Blumen am Fenster
Verharren geschützt durch Glas
Draußen Wind und Durst

Unsere Wiesen
Entwickeln sich wasserschmal
Am Feldrain blüht es

Poetische Grüße
Elfie

Sa., 25.4.

Norbert Autenrieth

Welch neuer Schweinskram:
die „Lockerungsorgie"!
Und das mit Mundschutz!

Tagebuchnotizen Norbert Autenrieth

Mit Ju. und Familie wandern Pinzberger Kirchenweg. Viel Straße! Gemeinsames Kaffeetrinken an den Autos. Spargel zu M. gebracht.

Erich Hübel

Liebe Empfänger dieser Sammelmail,
ab Montag sollen ja unsere Schulen peu à peu wieder geöffnet werden.
In den Fragen der Umsetzung scheint man sich wieder einmal voll darauf zu verlassen, dass Lehrkräfte und Schulleitungen das schon – wie halt bei anderen Problemen schon meistens – phantasievoll und organisationsstark erfolgreich packen werden.
Viel Erfolg wünsche ich vor allem den Lehrkräften bei der Pausenaufsicht!
Zum etappenweisen Schul-Wiederbeginn passt, denke ich, mein untenstehender Text.

Im Anhang gibt es auch wieder "a boor frängische Soocherer" mit freundlicher Genehmigung vom Frankenbarden Jürgen Leuchauer.
Mit genügend Abstand gesund bleiben!
Erich

Corona Zeugnisse

In Momend überlechd mer ja, wey mer des am besdn hiegrichd,
wemmer die Corona-Maßnohmer in der Schul widder aweng dsrüggfohrn will.
Die Egsberdn hamm scho glei gsochd, dass' – wenichsdens heier –
in die Dseugnisse aff goor kann Fall a „Ausreichend" gehm derf.
Wall es will ja edsd wergli kanner, dass die Schüler
aus der Schul ah no Vi(e)ren midd hammbringer.
Sonst müsserd ja die ganse Familie fier dswa Wochn in Gwarandäne gehen!

Walter Tausendpfund

Fesd-Absagen...:

Eds wern di Fesdle abgsachd...
Lang homms rummdruggd,
und e mool soo gsachd
und emool so...

Eds is raus:
Erschd die Bierfesdle,
die Mai-Fesdle,
dann aa die Volksfesde,
die Kerwas,
eds aa es Okdobefesd...
und alle Fesdle in Ober-
und Niederbayern...

„Lokerungsdiskussionsorgie"

Wos soll eds sai?
Suu vill hom di Lusd
an dere Kränl verlorn!
Me meched wiede naus,
eikaufn, flaniern und so...!!!

Di Kinne mäin ind Schuul,
wenns Brüfunge hom...
Die Eldern gräing deham e Kolle
mid iihre Gunges...
Gschefde machen imme mehre aaf...
Ins Werdshaus derfsd imme nuned!
Aa de Biergardn is nix –
aa wenn di Sunne nu so scheind!

Di Bolidige eiern rum:
Di an soong: Gebds doch frei!
Die andern soong: Bloß ned!

Wer hod eds rechd?
Vor Ord sollns es richdn,
de aa machd's so,
de ande so...
Abbe jede mou Sicherunge beachdn:
aanehalb Mede Abschdand...
und Hend desinfiztiern...

Edsed wollns schaue,
ob dees wos hilfd:
Abbe dees waaß me erschd
in aane odde gor zwaa Wochn..

Homme di Geduld?
Odde dreeh me durch?
Genege aaf d Bariikaadn?

So., 26.4.

Norbert Autenrieth

Wieder Gottesdienst:
Nur leises Singen erlaubt!
Laut bleibt verboten.

Tagebuchnotizen Norbert Autenrieth

Krustenbraten sehr gut . Sonntagsessen. Nachmittags S., N. und Lo. zu Gast – mit Abstand.
Sonst ruhig, ruhig …

Gisela Hoffmann-Merle

Vielen Dank die tollen Haikus.
Hier ein Verslein für Nichtgläubige:
Wir danken dir sehr
für unser täglich Essen
wer du auch seiest
oder ohne Silbenzählung
Wir danken Dir
wer du auch bist
für unser täglich Essen

Mo., 27.4.

Norbert Autenrieth

Gesicht hat jeder.
Zu sehen, welches er macht,
leider unmöglich.

Tagebuchnotizen Norbert Autenrieth

Mit Michael gesprochen. Gute Rückmeldung von Amadé.
Fahrradfahrt Uehlfeld-Höchstadt.
Ab heute Geschäfte wieder offen, man darf mit einer Person spazieren. Abschlussklassen im Unterricht.

Barbara Biegel

Die Sonnenbrille
macht Deutung noch schwieriger
das Lächeln verpufft

LG Barbara

Walter Tausendpfund

„Maskentag“ – wieder Schulbetrieb
Eds hom di Bolidige
Nach em lange Hin und Her
doch no aageordnet,
dass me „Nasen-Mund-Schutz“,
also “Maskn“ drong mäin...
und dabai soong imme no welche,
des hod goor kann Sinn...,
abbe wenn mer's ned denne,
mäin me zoohln...
- jedenfalls nooch e boor Dooch –
in Bayern glai 150 Euro!

Und in di Schul
mäin ab haid eds däi,
däi demnechsd Brüüfunge hom...
und dees in Schichdn...:
Di aa Helfd haid,
die ande Helfd morng...
und so waide...

Di., 28.4.

Norbert Autenrieth

Der Raps blüht gelber,
die Vögel singen lauter,
nicht alles ist schlecht.

Tagebuchnotizen Norbert Autenrieth

Übliches am Vormittag und Eschenbach. Nachmittags Th. zu Besuch, bringt Imprägnierung. Neue Gartenbank zusammengebaut, alte repariert. Abends M.. Schafkopf. M. über Nacht.

Margit Heumann

Dem selbsternannten Retter Österreichs in den Mund gelegt: „Wahrlich, wahrlich ich sage euch, wir leben in schweren Zeiten, aber es gibt Länder, in denen die Verhältnisse viel schwerer ist. Da gibt es Hunderttausende Kranke, Tausende Tote und jeden Tag werden es mehr. Und warum? Weil sie leider zu spät reagiert haben, weil sie leider die falsche Methode gewählt haben, weil sie leider den falschen Experten geglaubt haben. Hier bei uns wurde und wird alles getan, um solche Zustände zu vermeiden. Ich habe gottseidank frühzeitig reagiert, ich habe gottseidank auf die richtigen Experten gehört und gottseidank habe ich alles richtig gemacht."

Manfred Seifert

Stützpunkt Familie

„Wenn die Familie nicht wäre." Wie oft hat man das schon gehört. Die Familie als Stütze, als Rückversicherung, als Hort, als Idealform der Sicherheit. Über diese Form des Zusammenlebens ist viel geschrieben und viel geurteilt worden, und in mancher Einschätzung ist sie gar nicht so gut weggekommen, oder gar als historisch überholte gesellschaftliche Erscheinung abgetan worden. Diese abqualifizierenden Töne sind in den Tagen der erschwerten Kontaktpflege und der unterdrückten Sehnsüchte erheblich leiser geworden. Dagegen berichten die Medien verstärkt von den zunehmenden Belastungen in Zeiten von Home Office und Rundumversorgung der Kinder zuhause. Ein Ansteigen der häuslichen Gewalt ist bereits nach wenigen Wochen zu konstatieren, die Unsicherheit über die Bewältigung von Home Schooling und die weiteren finanziellen Kraftakte ist in vielen Äußerungen von Eltern deutlich zu spüren. Je nach seelischer oder finanzieller Verfassung, führen sie in selbstgedrehten Spots vor, wie eng getaktet es daheim zugeht, oder auch, wie gut alles klappt. Diejenigen, die nicht die Medienplattformen suchen, und das ist ja immer noch die große Mehrheit, bekommt man nicht zu Gesicht, sie machen alles mit sich alleine ab und kümmern sich vielmehr um Netzwerke der praktischen Nächstenhilfe. Was die Verwandtschaft betrifft und die gewohnten sozialen Kontakte, leiden alle, mehrere Generationen sind ja betroffen von den fehlenden Möglichkeiten zu Besuchen, zu gemeinsamen Essen, zum Spielen, zum Vorlesen, zum Einkaufen, zum Herumalbern, einfach zum Dasein. Wie wertvoll wird da ein handgeschriebener Brief der Zweitklässlerin an die Großeltern, ein Bücherpäckchen der Oma für die Enkelin, ein farbiges Panorama seiner Wünsche vom Enkel an den Opa, ein 3-Minuten-Blödsinn-Video zum Abendessen, eine Pinnwand voller Bilder von allen Enkelkindern. Familie kann sowohl rührend als auch ziemlich humorvoll sein.

Mi., 29.4.

Norbert Autenrieth

Stimmt es, dass der Mensch
die Krone der Schöpfung ist?
Habe da Zweifel.

Tagebuchnotizen Norbert Autenrieth

Einkauf, Spargel, Calibri, Pflanzen vom Weiher. Michael, Schaeff-Scheefen und Werbung.

Walter Tausendpfund

Wilde Lockerungsübungen –
Trallala – das Polit-Karussell ist wieder da...

Sechs Wochn so
homms ne Mundschee ghaldn...
Di Bildle vo Bergamo
sen lengsd vegessn...
Di Exberdn meldn scheene Zahln...
Eds meengs nimme ruich sai...
Eds werns wiede laud...

Es Karussell drehd si wiede im Kreis...
E boor hoggn draaf,
andere schdenge rum,
doo schraid aane so,
dord e andere soo,
aanne gscheide wäi de ande...

Und doodefier gid's ja es Fernseeh,
in jeden „Gschbrech“ hoggens drin,
schdraidn wäi di Wildn,
reden subbegschaid deher..

Wörde fläing rum,
däi hosd fräiers ned kennd:
so de Reproduktionsfaktor,
dann zählns di Neuinfiziertn,
dann di Infektionskeddn...
Zahln wern brachd:
Di an e soo,
di andern anders...
Fehle wern gmachd...
Abbe imme es gleiche
wäi aa scho gesdern
und aa scho devoor...

De Roberd Koch
- sai Wiehler –
sachd dees,
am andern Dooch villaichd dann dees...

Godd sai Dank, kummd vill vo dem
erschd arch schbeed in de Nachd,
wenn de Fernseeh
vor dodale Iibelasdung
und Carona-Fieber scho glühd...

Jede Schdroohalm
werd gfangd...:

Eds dees: Remdesivir...

Eds nooch so achd Wochn
wolln me raus aus deene Fesseln...

Mir wolln wieder bummeln, eikaafn und soo,
Werdshaise solln wiede offn sai,
aa Biergärdn bei den schen Weede...

Suu koo's doch ned waidegeeh,
soong die ganz Nerschn
und drengeln, wos gehd...

andere soong, na ned so schnell,
nix gwies waaß me nu ned
und radn ze Geduld und Wardn...

Bolidige eiern rum wäi bleed,
me will ja gmechd wern vo de Laid...
drum meldens dauernd Erfolge
und wäi doll me sen in de Weld...

Eds redn alle scho vo dem naie Middl
aus de ganz gschaidn USA: Remdesivir...
Geche Ebola homm ses efundn,
eds solls aa helfn geche di Kränk...
Und scho wachsn naie Hoffnunge
glai bis zen Himml naaf...

Weer soll ne dees no im Griff hom?
Wissen dud kaane wos genaus...
Abbe gred werd und gred...
Und dann is wech,
alles scho wieder Gered vo gesdern...

Do. 30.4.

Norbert Autenrieth

In den Ferien
werden wir wohl die Heimat
wieder entdecken.

Tagebuchnotizen Norbert Autenrieth

Bier, Staples, PW-Artikel an Helmut. Am Markt in Fürth Meerrettich für Tafelspitz. Buchschwabach wieder mal. Telefon mit Michael. Nachts Video mit E. : Wir saufen uns in den Mai. Dann Einzelaufführung.

Manfred Seifert

Kindergeburtstag ohne Kinder

Wie erlebt ein Junge seinen 6. Geburtstag, zu dem in diesem Jahr keine Freunde kommen können, keine Oma und kein Opa? Was werden sich Mama und Papa einfallen lassen? Sicher, Päckchen und Pakete werden ankommen, der Lieblings-Geburtstagskuchen wird nicht fehlen, die Linzer Torte (früher der Krümelkuchen), Geschenke auch nicht, und doch ist alles anders. Im Kindergarten werden keine Lieder gesungen, er wird nicht in der Mitte sitzen, seine mitgebrachten Süßigkeiten kann er nicht im Erzählkreis verteilen, er kann nicht voller Stolz mit der Geburtstagskrone nach Hause gehen und sie bis spät abends tragen. Leider wird auch keine Kletterpartie auf dem turmartigen

Seilgerüst am Spielplatz möglich sein, genau so wenig wie eine Verfolgungsjagd oder gemeinsames Schaufeln und Buddeln mit den Jungs aus der Nachbarschaft. Aber die Rollerskates, auf die er schon heimlich geschielt hat, und die er als vorgezogenes Geschenk bekommen hat, die hat er schon ausprobiert und wird sie auch am Geburtstag im kleinen Park drüben ausführen. Und zu der Sammlung von Drachen, die er bereits hat, erhofft er sich noch einen Zuwachs, farbige Ungetüme, bemannt und unbemannt, mit Imitationen von Feuerspucken und Geräuschen beim Angriff auf die bösen Gegner. Ein Trost, dass die ältere Schwester sich auf die ausgehandelten Rollenspiele einlässt und auch ab und zu munter mitmischt bei diesem Kampf um die Vormacht im Revier. Und dann darf er natürlich nicht versäumen, auch heute um 18 Uhr mit der ganzen Familie auf dem Balkon zu sein, zum gemeinsamen Singen und Musizieren mit den Nachbarn im neuen Viertel. Bei dieser Gelegenheit wird er auch einige seiner Freunde aus der Kita sehen, vielleicht singen sie ihm ein Happy Birthday und Zum Geburtstag viel Glück. Und wenn einmal dieses lange Zuhausebleiben, warum, kann er wirklich nicht genau verstehen, zu Ende ist, dann wird er sie alle einladen, die Geburtstagsparty muss nachgeholt werden.

Fr. 1.5.

Norbert Autenrieth

Keine Maidemos,
viele wünschen sich Arbeit.
vervierte Zeiten!

Tagebuchnotizen Norbert Autenrieth

Der Mai ist gekommen: Kein Ausflug mit den Kindern auf die „Hohe Zant“. Dafür mit M. Pommelsbrunn-Houbirg zum Sammeln von Waldmeister. Zum Schluss allein, da M. Gewitter-Horror schiebt. Es nervt. Die schlechten Wirtschaftsnachrichten häufen sich: Schlimmster Einbruch seit Bestehen der BRD. Die Menschen sind zusehends von den Corona-Einschränkungen genervt. Wir haben unsere 190-Jahre-Feier heute abgesagt. Traurig.

Sa. 2.5.

Norbert Autenrieth

Respirator statt
Panzer, Mundschutz statt Stahlhelm.
Schön wäre es schon!

Tagebuchnotizen Norbert Autenrieth

Diverse Einkäufe. Ansonsten viel Herumgedocktere. Viel Buchschwabach naja.

Erich Hübel

Liebe Empfänger meiner Sammelmails,
ich hoffe, es hängt (noch) niemandem mein wöchentliches "Gschmarri" zum Hals raus!
Ich will halt nur ein klein wenig Erheiterung in dieser komischen Zeit bewirken, und derzeit
bekommt man ja ständig Vorlagen frei Haus geliefert. (Siehe aktuelles Wochenmagazin der NN, S. 1)
Als "Nachtisch" wieder einige "Soocherer" vom Leuchauers Jürgen.
Herzliche Grüße – aus mindestens 2 Metern Entfernung!
Erich

Neue Wissenschaften

Seid's des Corona gibd, hobb i scho vo suh vill Wissnschafdler gherd,
vo denne i vuurher goor nix geahnd hobb.
Die massdn dodervo hamm ircherdwie wos midd der Medidsin dsum duhn.
Heid (am erschdn Mai, nedd April!) obber schdehd in meiner absoludd seriösn Dseidung
wos vo ann „Promenadologen", der ann Lehrschduhl fier Schbadsiergangswissnschafd hodd.
Des hobb i glei googln müssn – und des schdimmd fei wergli!
Edsd wass i suhgoor, dass des aff Englisch Strollology hassd.
Do wär i ja nie draffkommer, dass' suhwos ieberhaubds gibd!
Iech froog mi bloß anns:
Wenn in dem Fach anner ann Dogder machen will –
duhd der dann ah promovieren odder doch eher promenieren?

Jürgen Leuchauer

Quarantäne-Beschäftigung: Alte Fotos ansehen.
Fränkische Frau zum fränkischen Mann:
Worum schaud mer eichendlich af äldere Foddos immer jünger aus?

Quarantäne-Thema:
Fräiher im Middlalder – wenn dou zum Beischbiel die Besd besiechd wor,
dou hodd mer doch dernouch immer unglaubliche Orgien gfeierd.
Is dou scho wos geblaand? Wass mer dou scho wos genaueres?

SIE: Sooch amol, findsd du eichendlich, dass ich in derer Gwarandääne zougnummer hob?
ER: Also horch amol – richdich schlank worsd du doch nu nie.
Todeszeitpunkt: 17.35, Todesursache: Corona.

Nach der Quarantäne unterhalten sich zwei Nürnbergerinnen:
A: Wou isn eichendlich dei Moo?
B: Der is draußn im Gaddn.
A: Ich hob nern obber gor ned gsehng.
B: Ja, dou moußd scho aweng grobn.

Unterhaltung zweier Stammtischkollegen am Telefon nach wochenlanger Stammtischabstinenz:
A: Hosd du des gwißd, dass es af di Kanarischn Insln kann anzichn Kanarienvugl gibd?
B: Jaa, und des selbe gild fir di Jungfrauen-Insln. Ah ka anzicher Kanarienvugl.

So. 3.5.

Norbert Autenrieth

Maipicknick im Park -
Notfalls heißt es: „Weg vom Tisch!"
Gäste unerwünscht.

Tagebuchnotizen Norbert Autenrieth

Schöne Sonntagsspazierfahrt mit Ju und Familie und Thomas (allein) alter Kanal. Der „Brückkanal" hat to go – großer Andrang. Abends Karteln mit M., M. über Nacht.

Jürgen Leuchauer

Blödsinnszeddl Nummero vier

Ansprache eines Hamsters an die Menschheit:
Horchd amol, seid ihr edz alle hooserwild odder wos?
Ihr machd doch wärgli jedn Scheiß mid – odder?
Hamsderkäuf – wer is denn af däi bläide Idee kummer?
Mei ganze Verwandtschafd is verschwundn. Ich hob mi grod nu verschdeggn könner.
Seid ihr edz alle aweng bläid worn?
Kaffd eich doch an Wellnsiddich – odder vo mir aus a Kadz.
Worum kaffder denn ieberhabds Hamsder? Wär Gloobabier odder Nudln ned viel besser?
Mer könnd ja grood maaner, daß eich a Virus befalln hod.

Aff meiner Haushaldsdosn schdäihd „SPÜHLMASCHIENENFEST“.
Wass anner, wou und wann des Fesd is?

Frau zum Mann: Wos häldsd edz eichendlich du vo derer Masgnbflichd?
Mann zur Frau: Su arch exdrem addraggdive Menschn wäi ich ghörn dou hald
im Momend zu die groußn Verlierer
Frau zu sich selbst ganz leise: Allmächd, der hod ned blouß an Schlooch …

Frau zum Mann: Ey, edzer is elfer in der Fräih und du hosd scho is dridde Seidler Bier
Sollerd dei Algoholkonsumm ned amol aweng ieberdachd wern?
Eine Stunde später hat der Mann vier Pfosten aufgestellt und mit einer Plastikplane überdacht!
Mann zur Frau: Und – bassds edz?

Es lockert sich ...

Mo. 4.5.

Norbert Autenrieth

Wann darf wer wohin
weshalb und mit wie vielen?
Antworten, bitte!

Tagebuchnotizen Norbert Autenrieth

Rasen gemäht. Einkauf: Spargel u.a. Heute beim Friseur, Spargel zu Ju.. Th. hat Haus bekommen für 360 000. Hoffentlich geht alles gut.
Friseure offen, Abschlussklassen in der Schule.

Werner Nennich

Der Wein der Genesung

Der Genesung Tropfen, aus dem Glase, blinkt ins Auge mir
Wein der Hoffnung, groß das Versprechen klingt in Dir
Deine Glut reift vom Frühjahr zum Herbst, bis letzte Sonne sinkt

Der Erden Wonne und Zeit durchs ganze Jahr
In die Frucht sie ziehen so ganz und gar
Die Bouteille, meine Hand Dich sucht
Zu gießen den runden Schluck in schweren Stunden
Lass Zeit und Geschmack im Trunk mir munden

Inspiration, Du gibst mir
Auch den schwarzen Tag zu vergessen
Wirst Freundin, wirst Freund
Deren Wahrheit, Vertrauen ich kaum besessen
Bist Tropfen, bist Schluck, Glas, Flasche, gar Fass
Spendest mir Leben jetzt, füllst nach, was versäumt
Was mir genommen der trüben Tage Aderlass

Du Wein in Dir des Lebens Heiligkeit
Hast Wucht, wenn in die Adern Du hinunterfährst
Bringst Kraft, den ganzen Menschen komplett Du ernährst
Löscht den Durst, bist auch Trunk zur Trunkenheit

Auf Deiner Oberfläche helles Schimmern ich fand
Bricht sich das Licht des Tages Himmel
Nachts der Kerze brennender Docht auf Deinem Gewand

Wo kommst Du her, Wein?
Schwer von den lehmig steinigen Feldern rot pyrenäennah fein
Leicht von den steilen Hängen weiß an Flüssen wie Rhein und Main
Jahrlanger Blick auf in die Ferne ziehende Schiffe zu den Häfen und Meeren

Warst Rebentrieb, Spross, Blüte, ein Traubenpaket voll von Beeren
Über die Kelter ins Fass, dann aus der Flasche ins Glas, in die Kehle
Sickerst tief hinunter, hinein in meine innerste Seele

Bist Gruß und Band mir zur Erde, zur Welt, zum Leben
Rebenquell, zum Wohl der Herzen, der Gemeinschaft, lass das Glas mich erheben

Zu Schluckes Spruch, das ist Ritual, das sei gestattet zur Kommunion:
Schwester lebe lang! Bleib gesund Bruder! Und mir gib die Inspiration!
So lautet der Toast, der Wunsch, der weinselige Ton
Wir stoßen an, unter den Lebenden bin ich verblieben getreu
Ist mir das Leben nochmals gegeben, fast ein neues, so wertvoll, so fast wie neu.

Di. 5.5.

Norbert Autenrieth

Haarnotstand vorbei!
Friseure schaffen montags
nur nach Anmeldung.

Tagebuchnotizen Norbert Autenrieth

Erstmals wieder zu Calibri. Gartenabfall weg. E. im Garten und näht Rock. Man darf sich in Familie wieder treffen.

Walter Tausendpfund

Das Karussell wird imme schnelle...:

Kaum is es erschde Word gsachd,
jagd aan des andere...
di Vorschläg brasseln
wäi de Wolgnruch ans Fensde
bein Gwidde...
Schuln offn,
Kidas offn,
Gschefde offn,
Profis derfn Fussball schbilln
Zuschaue derf ned dezou...
Schbillbleds offn,
Bsuch derfsd hom
Aa vo de Nachbere...

Di an denkn an die Wird und Biergerdn,
andere an ihre Hodells und Pensione...
die Andern an die Audoindustrie,
wiede andere an die Möblfabrikandn...
suu hod jede saine Schbezeln,
däi e brauchd,
weer waaß fier wos...

Eds werd „Notfallmechanismus" ganz moder:
50 Infizierde pro 100 000 Laid
(in siem Dooch)
in en Landkreis...
driebe werd's dann schlimm.
Warum 50... und ned 35?
Kaane waaß su rechd warum...
Und wenn's 85 wern,
werd brüfd und brüfd...
(wenn's ehrlich sen!!!)
Wer moch denn dees veschdeeh?

Und scho werd gwarnd,
di Exberdn sen scho doo,
alles gehd fai ze schnell...
Iibe Nachd kennd alles
wiede schdaing...„exponentiell"...
und di Kränk gehd wiede richdich los!
Und de Horror...Horror...weer perfegd!

Und de Roberd Koch (hald sai Inschdidud)
machd edsed saine Schoddn dichd...
es is nen einfach alles zu normal!

Aber d Millionäre aus de Bundesliga
Däi sen häbby: nu e Wochn Karandäne,
dann gehd's wiede richdich los...
Blos di Fäns sen ned dabai,
däi mäin maisdens draußn blaim...

Eds wird's bald kundebund:
Wos derf me, wos derf me ned?
Di an soong so, die andern soo...

Dooch fier Dooch
e wengle wos anderschd...:
Bald soll me wiede ze dridd
Oddde ze meehre rumlaafn derfn...

Mi. 6.5.

Norbert Autenrieth

Jetzt ist es soweit:
Die Großeltern besuchen.
Welch eine Freude!?

Tagebuchnotizen Norbert Autenrieth

Calibri. Interview mit NN-Redakteur zwecks Vorstellung. Calibri zu Fuß. Th. zu Besuch. Hauskauf. Ansonsten unbefriedigender Tag.

Manfred Seifert

Bedürfnisse der Kleinsten

Markante Bezeichnungen sind schnell gefunden, besonders in Zeiten, in denen nahezu alles unter einem Schlagwort gefasst wird. Die Sozialforschung sieht es schon heute als unvermeidlich an, dass Kinder, die in diese Zeit hineingeboren werden oder sie in ihren jungen Jahren als eine Art Getto zuhause erleben, unter dem Namen Corona-Kinder oder Generation Corona firmieren werden. Wer kümmert sich um ihre Bedürfnisse, wer stellt all die Fragen, die samt und sonders von der Politik bisher ignoriert worden sind? Was bedeutet es für sie, sich nicht frei bewegen zu können, seit zwei Monaten Freunde und die erwachsenen Bezugspersonen in der Kita, im Kindergarten, in der Grundschule nicht mehr sehen zu dürfen, auf den Spielplatz vor der

Haustür zu blicken, um den die rotweißen Absperrbänder gezogen sind. Wie sollen sie verstehen, dass Oma und Opa nicht mehr kommen dürfen, und sie die Großeltern nicht mehr besuchen können? Alles, was die Jugend- und Familienministerkonferenz – JFMK, nicht zu verwechseln mit JFK – bisher zustande gebracht hat, ist eine Empfehlung für einen 4-Phasen-Plan, von der aktuell geltenden Notbetreuung, über eine erweiterte Notbetreuung, einen eingeschränkten Regelbetrieb bis zurück zum vollständigen Regelbetrieb. Schon die technokratische Sprachwahl und die zeitliche Hinhaltetaktik verraten den Mangel an Sachverstand. Für die Einschätzung der seelischen Nöte von Kindern müssten verstärkt Berater und spezialisierte Ärzte mit entsprechender Erfahrung hinzugezogen werden. Während es in den wohlbekannten Tätigkeitsfeldern der Wirtschaftslobbyisten überraschend schnell geht, wenn Unterstützungsleistungen des Staates eingefordert werden, hakt es gewaltig, wenn Kinder ihrer Rechte beraubt werden. Die Autowerkstatt ist geöffnet, aber der Spielplatz gegenüber bleibt versperrt. Das ist ignorant und herzlos. Den stillen Aufschrei der Kleinsten hören nur die Eltern.

Do. 7.5.

Norbert Autenrieth

Aus langem to go,
wird langsam wieder to sit.
Aber mit Abstand!

Tagebuchnotizen Norbert Autenrieth

Sonette für Ariel fertig und von Amadé akzeptiert. Nachricht von Redakteur nach Wochen. Das alles sehr positiv. Wertstoffhof. Zu Li. wegen Geburtstag – Hefeschwein überreicht im Hof – ohne Sekt! Anschließend zu M. zu „Kurzem".

Manfred Seifert

Ein seltsames Alphabet

Abstandsregel, Akzeptanzpegel, Änderungsnotwendigkeiten, Ansteckungsgefahr, Ausgangsbeschränkung, Ausnahmegenehmigung, Beatmungsgeräte, Bonuszahlungen, Brandbrief, Bundesliga-Geisterspiele, Bußgelderhöhung, Corona-Kabinett, Covid-19, Dekontamination, Desinfektionsspender, Eindämmungsstrategie, Entlastungsoffensive, Erweiterungsschritt, Exekutivorgane, Fieberkurve, Finanzhilfen, Fördermittel, Genesungsaussichten, Grenzöffnung, Händewaschen, Härtefälle, Hochfahrmechanismus, Hygienevorschriften, Immungarantie, Infektiologe, Infektionsgeschehen, Informationspolitik, Impfstoffherstellung,

Insolvenzkünstler, Kontaktperson, Krankheitsüberträger, Kurzarbeitsaufstockung, J, Laborverifikation, Lieferketten, Lockerungsphase, Lungenentzündung, „Merkel-Miliz“, Mindestabstand, Mundschutz, Nachverfolgung, Neuinfektionen, Notbetreuung, Nothilfefonds, Ordnungsamt-Auflagen, Persönlichkeitsprofil, Podcast-Hetze, Positionspapier, Protektionismus-Wahn, Quarantäne, Regelbetrieb, Reisewarnung, Rettungs-Fonds, Rezessions-Szenario, Risikoabschätzung, Sachspenden, Schuldenlast, Schutzanzug, Sonderleistung, Spendenbereitschaft, Stornoerstattung, Stützungskredit, Superspreader, Systemrelevanz, Tagesstatistik, Testkapazität, Tracing-App, Übergangsbetrieb, Überwachungsexzesse, Verbreitungsgefahr, Verdachtsfall, Verhältnismäßigkeitsgrundsatz, Verlaufskurve, Verschwörungstheoretiker, Verwarnungshinweis, Video-Ministerpräsidenten-Konferenz, Vier-Stufen-Plan, Virusmenge, Wiedereinstieg, Wirtschaftsinstitutionen, X-Beliebigkeit, Yuppie-Mentalität, Zielkorridor, Zuwiderhandlung, Zwangsmaßnahmen
Na sowas. Unser Alphabet haben wir einmal anders gelernt.

Fr. 8.5.

Norbert Autenrieth

Noch starren wir stets
wie die Maus vor der Schlange
auf Covid-Zahlen.

Tagebuchnotizen Norbert Autenrieth

Hausbesichtigung bei Thomas. Sehr schön – besser als gedacht. Anschließend Spargel und Einkauf E. Journal.

Manfred Seifert

Befreiung

Der Tag der Kapitulation. Der Tag der offiziellen Unterzeichnung der Dokumente, die das Ende des 2. Weltkriegs markieren, aber noch nicht das Ende der Schrecken für viele, die sich in den folgenden Wochen auf dieser oder jener Seite von Frontlinien und Grenzen befinden. Viele der Überlebenden werden traumatisiert zurückbleiben. Die Auswirkungen dieser Erfahrungen haben die nachgeborenen Kinder der Kriegsväter und -mütter mehr oder minder ausgeprägt in ihren Familien erlebt. Sie mussten sich ihrerseits von Kindheitserfahrungen und Doktrinen befreien, die sie wie ungeschriebene Gesetze überall hinbegleiteten. Schicht um Schicht musste abgetragen werden, unter schmerzhaften Begleiterscheinungen, weg vom patriarchalischen Kodex, vom Obrigkeitlichen hin zum Selbstbestimmten. Zwei Generationen, denen auf der anderen Seite der innerdeutschen Sperranlagen die Freizügigkeit verwehrt wurde, konnten erst mit dem Mauerfall von mehr Teilhabe an freiheitlichen Errungenschaften träumen. Dass dieser 9. November eine Befreiung von Zwangsmaßnahmen bedeutete, mit denen man sich irgendwie halbfreiwillig oder auch gezwungenermaßen eingerichtet hatte, wurde von mancher Seite ganz gerne übersehen, anfangs auch vehement bestritten. Zunehmende DDR-Nostalgie kündete von diesen Akzeptanz-Problemen. Der heftige Nachkriegsstreit um die Interpretation des 8. Mai 1945, der oft beschworenen „Stunde Null", wurde offiziell erst beendet mit der historischen Bundestagsrede von Bundespräsident Ernst von Weizäcker 1985. Ein für allemal stellte er darin in seltener Deutlichkeit klar, dass das von außen erzwungene Ende des Terrorregimes ein Glücksfall für das deutsche Volk war und dass angesichts der beispiellosen, staatlich organisierten Verbrechen ein Neuanfang ermöglicht wurde, wenn auch in Teilung. Freiheitsrechte müssen täglich neu erkämpft werden. Das gilt für alle Zeiten.

Sa. 9.5.

Norbert Autenrieth

Ein schlimmer Virus
sind die Verschwörer von Rechts.
In Quarantäne!

Tagebuchnotizen Norbert Autenrieth

Heute alle Kinder und Enkel zum Grillen. Wunderbar.

Erich Hübel

Liebe Empfänger dieser Sammelmail,
die Umstände der Corona-Krise bringen so viel Skurriles mit sich, dass ich, um halbwegs aktuell zu bleiben, diesmal nicht nur ein "Wort zum Sonntag", sondern schon fast einen "Worteschwall" sende.
Und Jürgen Leuchauer liefert dazu (im Anhang) einen (virenfreien) "Blödsinnszettel".
Man beachte bitte auch seinen Flyer mit Werbung in eigener Sache
Viel Vergnügen – und nicht mit den Lockdown-Lockerungen übertreiben!
Erich

Der Club!

Mer müsserd unserm Glubb ja eichendlich a goldene Corona affsedsn.
Ka Mensch konn doch echd abschdreidn, dass unser Glubb wergli wos gans Bsonders,
ja, wos Einmohlichs is.
Neun Mohl deudscher Masder, viermohl den Bogal gwunner,
Rekordabschdeicher, Rekordaufschdeicher –
des muss uns erschd amohl wer noochmachn!
Wecher dem Sch... Corona kommer edsd leider nedd amohl den rundn Geburdsdooch gscheid feiern:
Hunderddswandsg Johr is der Glubb fei heid worn –
und a jeder konn bloß midd sich selber do drauf onschdossn.
Leider hodd die Mannschafd in der Saison hald ah ofd gnau asuh ald ausgschaud wey der Verein is.
Die hamm des midd dem dswa-Meder-Abschdand scho suh subber kennd
und ofd bragdidsierd, do wor des Corona no goor nedd do bei uns!

Lockerungen

Heid wor a Dermin, wo si alle Minisderpräsidendn und nadierli ah die –innen
midd der Bundeskandslerin hamm abschbrechn wolln,
wey's denn edsd midd dem Corona weidergehn soll.
Gesdern obber scho hamm di Minisderpräsidendn und die –innen
ann Weddkambf ausdroogn,

wer am masdn und am schnellsdn die Corona-Maßnohmer widder dsrüggnimmd.
Jede und jeder hodd gwissd, dass des der Merkel nedd grood gfalln werd.
Unserm Söder hodd mer am Ohmd im Fernsehn scho richdich ongsehn,
dass er a schlechds Gwissn und scheinds ah aweng Schiss hadd.
Wall er muss ja dsu denne Dreffn selber hiegehn
und sichd die Merkel nedd bloß am Bildschirm.
Obber onscheinend hadd's nern nedd runderbudsd,
sondern eher a machd-Word gschbrochn, nämli:
„Dann machd doch, wosser wolld!"

So. 10.5.

Norbert Autenrieth

In Schlachtereien
gibt es üble Zustände.
Corona deckts auf!

Tagebuchnotizen Norbert Autenrieth

Tag eigentlich verblödelt. Th. mit Em. per Fahrrad zu Besuch. Geb. W. Seit Wochen wieder einmal Karteln mit beiden.

N.J.L. Winter

Widdärämol ä Mundart-Haiku:

In solche Schlachtäreiä
Dou will kä Sau gschlacht wern mäin
Ä gouts Gmüs gibt's aa!

Walter Tausendpfund

10. Mai is Muddedooch:
Kaane mechd wos degeeng soong,
alle wollns zu de „Liebsdn“...
Bsuchsregelunge wern brobierd...
Musike schbilln im Gardn,
dordn singes aa...
me meched radeln,
schbazierngeeh...

Nooch ne 10. Mai:
Eds derfn aa di Bundesligaspiele
Endlich wiede fußballn...
Und Hygiene-Vorschrifdn
gid's aa...
Abbe die erschdn Fußballe
sen scho krank...
Dann kummd aus Berlin des bleede Video...
Vo dem Salou aus de Fußball – Kabine,
woo kaane aaf Hygiene achd...

Nach der Lockerung des Shutdown
Wer kennd si no richdich aus?

Michael Lösel

Blumentopf a posteriori

Eine Zeitlupe, beinahe der Stillstand, verleitet zur Einbildung, alles genauer wahrnehmen zu können, sobald die gleichzeitige Selbstreflexion außer Acht gelassen wird, dass man sich nur des Instruments eines Vergrößerungsglases bedient. Dabei ist es doch die Vergegenwärtigung des Wandels oder der Bewegung unserer Wahrnehmung, die uns das Geschaute als Erlebnis oder Erleben interpretieren lässt, und damit sogar als Kosmos der Möglichkeiten näher bringen kann.

Achtsames und anspruchsvolles poetisches Schreiben folgt dem Antrieb der Neugierde. Ähnlich dem Maler, der Pi mal Daumen über die Landschaft visiert, um einen möglichen Rahmen für sein Bild abzustecken, oder dem Kosmologen, der durch minutiösen Vergleich der Aufzeichnungen seiner Vorgänger schließen kann, dass sich die sogenannten Fixsterne doch bewegen, muss auch das Autor-Ich eine Position außerhalb des Dargestellten einnehmen können.

Dies entspricht zunächst der Wahl einer Perspektive, aber nur im konventionell festgelegten Sinn. Doch erst die für Leser nachvollziehbare Beschreibung der gedanklichen Bewegung, die nachvollziehbar macht wie diese Position gefunden und warum sie in einer Szene eingenommen wurde, verleiht dem Künstler – dem Artisten – eine Haltung, die es, will er seine Ansicht von Welt und die Annäherung an sie stringent artikulieren, beizubehalten gilt.

Mo. 11.5.

Norbert Autenrieth

Man wünscht nichts Schlechtes:
Corona-Demonstranten
muss man nicht lieben

Tagebuchnotizen Norbert Autenrieth

Regen. Diverse Büroarbeiten. Sonnensegel gekauft und montiert. Bestätigung über 20 000 € für Th. D. muss bestrahlt werden.

N.J.L. Winter

Aber a Drumm Schelln
Häid dene bläidn Deppm
Ihr Leddä ned gschadt!

Di. 12.5.

Norbert Autenrieth

Statt einskommanull
einskommaeins. Ein Zehntel
erlangt Bedeutung.

Tagebuchnotizen Norbert Autenrieth

Nasen- Ohrenarzt. Gehsteig gekehrt und Hecke geschnitten. E. zum Friseur – Haare zu „Ratzenfrisur“ abgeschnitten – grau/schwarz. M. zu Besuch. Karten (Gewinn über 6 €)

NJL Winter

Gruß vom Bengerdsratz
Wennsd mid die Zohln etz rumspinnsd,
Dann konnsd mei Zech‘ zohln!

Mi. 13.5

Norbert Autenrieth

Minister Herrmann:
Im Gasthof essen erlaubt
bald ohne Mundschutz!

Tagebuchnotizen Norbert Autenrieth

M. bis Mittag. Rasen gemäht.

Malwine Merkel

Der kleine unsichtbare Igelball

Der kleine unsichtbare Igelball schwirrt durch die Luft, überquert Grenzen ohne weiteres, nistet sich ein in einem Körper, vermehrt sich, macht sich breit und legt den Körper lahm.
Dieser kleine unsichtbare Igelball hat eine große Stärke. Er legt sogar die Wirtschaft lahm, Weltweit!
Dieser kleine unsichtbare Igelball zeigt uns das wir mal innehalten sollen/müssen, das wir mal ein zwei Schritte zurückgehen, beobachten wo wir stehen. Er raubt uns die Freiheit zu reisen, zu feiern, zu genießen, einfach unser bisheriges Leben. So weiter leben wie bisher können wir nicht mehr. Eine Veränderung muss her.
Dieser kleine unsichtbare Igelball lehrt uns was Familie bedeutet, lässt uns Entschleunigung, zeigt uns wie wertvoll Kleinigkeiten im Leben sind, lehrt uns sich zu besinnen was

wichtig ist, auf das Allerwichtigste im Leben: die Achtsamkeit. Achtsamkeit für sich selbst, für andere, für die Familie. Dieser kleine unsichtbare Igelball zeigt uns wie gut es uns tut sich Zeit zu nehmen ganz bewusst, zeigt uns das es Spaß macht mit der Familie zu Hause was zu unternehmen, plötzlich kommen Gesellschaftsspiele wieder zu Tage und werden genutzt, oder mal gemeinsam zu kochen, egal ob die Küche nachher wie ein Schlachtfeld aussieht, aber die Kinderaugen strahlen so hell wie Sterne am nachtdunkeln Himmel. Mit Kindern macht es einfach großen Spaß.
Dieser kleine unsichtbare Igelball zeigt uns ganz deutlich wo die Schwächen liegen, erbarmungslos offen, mit einer solchen Wucht die uns handlungsunfähig macht, die uns ohnmächtig vor einem großes Rätsel stehen lässt, aber noch eine Weile uns richtig kreativ werden lässt. Aufatmen, Lösungsversuche, klägliches Scheitern, kleine Erfolge.
Dieser kleine unsichtbare Igelball macht uns Panik, lässt uns Hamsterkäufe machen die eigentlich unnötig sind, macht uns Unsicher wie wir uns Verhalten sollen, lässt uns ungerecht werden, traurig und wütend weil wir unsere Kinder, Mütter, Väter, Omas, Opas, Geschwister, Enkel nicht besuchen dürfen. Durch den kleinen unsichtbaren Igelball fallen Geburtstage, Abifeiern, Abschlussfeiern, Konfirmationen, Hochzeiten, Beerdigungen, Kommunionen anders aus. Von begeisterter Freude Vorfreude nichts zu spüren. Fallen weg. Ratlosigkeit ist die erste Reaktion. Traurigkeit und Wut gesellt sich dazu. Stattdessen fallen wir in ein fragendes Loch! Die Grenzen des Könnens und des Wollens sind sehr eng geworden. Unsicherheit macht sich in uns breit. Aus Wut gibt es Proteste die unnötig sind, sinnlos, weil Maske tragen Sinn macht. Aus Wut und Egoismus werden Feste gefeiert im Sin-

ne von gemeinsam lustig, freudig, krank. Verbote werden missachtet.
Der kleine unsichtbare Igelball lässt die Welt alt aussehen, ratlos, und wirft uns Jahrzehnte zurück. Er spaltet die Gesellschaft in Befürworter der Mund-Nasen-Schutzmaske und in Gegner. Der kleine unsichtbare Igelball ist Covid 19, oder Corona-Virus. Corona ist nicht greifbar, nicht sichtbar. Aber spürbar.

Walter Tausendpfund

Beim Friseur in neuer Manier:
Eds wird me an de Türe abgehold,
hiesedsn derf me ned,
wou memechd...
wardn mou me aa ned,
Zeidschrifdn gid'aa kaane...
Dann wersd zen Schduul geführd
Die Hend wern desinfizierd,,,
und dann wersd zen Kobfwaschn brachd
(dees mou eds sai!!!) ...
Dann wer di Hoor gschniedn,
die Wimbern abbe ned...
dees derf ned sai...

Und dees Ganze kosd
läbbische 24 Euro...

Do. 14.5.

Norbert Autenrieth

Heilig´ Corona
Bitte für uns lieber nicht.
Nützt scheinbar nicht viel.

Tagebuchnotizen Norbert Autenrieth

Oma/Opatag mit L. und El., per Fahrrad gekommen. Th. und An. haben geheiratet! Heimlich, still und leise. Angestoßen bei uns mit Em. und N. Em. heimgefahren.

Manfred Seifert

Privilegien

Jetzt ist es raus, seit einer Woche. Der Profifußball darf seine Zwangspause bald beenden. Was mit medialem Dauerbeschuss vorbereitet wurde, mit einer geschickten Mischung zwischen einigen wohlplatzierten Ergebenheitsformeln und reumütig klingenden Versicherungen, sich selbst zu hinterfragen, diesem gewaltigen Druckaufbau konnten die politischen Entscheider einfach nicht widerstehen. Dass der Öffentlichkeit vorenthalten wird, welche weiteren Vereine außer dem 1. FC Köln und Wismut Aue von Infektionen und Quarantäne momentan betroffen sind, dass dummerweise, oder auch vom Spieler so beabsichtigt, ein desaströses Video des Hertha-Spielers Kalou öffentlich wurde, in dem ganz klar Hygieneregeln missachtet werden und er grinsend mit seiner Gehaltsabrechnung vor der Kamera herumwedelt, all das spielte neben den medizinischen Einwänden keine Rolle mehr. Es ist eine Kulanz-Entscheidung zugunsten des Geschäfts, des Diktats der unglaublichen Geldsummen und der in immer neue Höhen strebenden Vertragskonstruktionen, denen sich die Funktionäre des Profifußballs ausgeliefert haben. Dabei gelten die getroffenen Regelungen nur für die 1. und 2. Liga, die 3. und die Amateurligen, die Basis des gesamten Volkssports Fußball in Deutschland, können vorläufig sehen, wo sie bleiben. Eilfertige Verbandsvertreter versichern wortreich nichtssagend, dass selbstverständlich alle Belange gleichermaßen berücksichtigt würden, dass keiner mit seinen Problemen alleingelassen würde, und können doch die klaren Belege der Sportarten, die fühlbar benachteiligt werden, nicht entkräften. Es ist zu offensichtlich, dass viele gut dotierte Posten am Weiterbetreiben der gut funktionierenden Geldmaschinerie hängen, und wer will schon seine eigene Bezahlung torpedieren? Die wenigen Trainer mit ihren warnenden Stimmen, die Fangruppierungen mit ihren Vetos, was interessiert´s? Gas geben, heißt die Devise, wie gehabt.

Fr. 15.5.

Norbert Autenrieth

Wer hat Schuld? Einer!
Bill Gates pflanzt allen Chips ein!
Macht Corona blöd?

Tagebuchnotizen Norbert Autenrieth

Einkauf. E. zu Nagelfrau und anschließend zu M. Nachmittags mit Ju. und Familie laufen Talgrund bis S. El. hat drei Küken.
Ab Montag machen Biergärten auf. Grenzen werden mit Einschränkungen geöffnet.

Jürgen Leuchauer

LEUCHAUERS BLÖDSINNSZEDDL NUMMERO FÜMBF

Nach tagelanger Einkaufs-Abstinenz treffen sich zwei Nachbarinnen beim Einkaufen.

Nachbarin A	*Allmächd, du schausd ja fürchderlich aus.*
Nachbarin B	*Ja, ich bin gscheid erkälded.*
Nachbarin A	*Wos – des aa nu?*

In Corona-Zeiten telefonieren zwei Stammtischkumpels.

Kumpel A	*Wenn der Mist mid dem Korona vurbei is, nou dringk mer endlich widder a Bierla midernander.*
Kumpel B	*Dringk mer hald zwaa, nou hod jeder ans.*

Erkenntnis in der Nach-Corona-Zeit:
Des Lebm is a schdändiches Nehmer und Gebm.
Manchmol iebernimmd mer si, manchmol iebergibd mer si.

Noch eine Erkenntnis nach der langen Einsamkeit:
Su richdi allaans bisd erschd, wennsd am Dudzndeich in der Sunner hoggsd und di Endn wolln di mid Brod füddern.

Mei Kumbl hod oogrufm und gfrouchd, wemmer uns nach dene ganzn Verbode
widder zammhoggn und wos dringgn, obs dou dann aa a algoholfreis Bier geberd.
Su zerbrechn Freindschafdn.

Diskussion in lebensgefährlichen Zeiten:

Kumpel A	*Wäi mechersd denn du amol schderm?*
Kumpel B	*Wäi mei Opa in aller Rouh eischlofm und ruhich schderm, ned su schreiend wäi seine Beifohrer am Rüggsidz*

Des bläide an di bläidn Schbrüch is ja, dass di Bläidn des gor ned verschdenner.

Sa. 16.5.

Norbert Autenrieth

Krankenhaus jammert,
weil so viele Betten frei.
Ist das nicht pervers?

Tagebuchnotizen Norbert Autenrieth

Wandern mit Ju. und Familie von Langenzenn nach Bräuersdorf. Dort sogar Bierpause (Straßenverkauf Wirtschaft). Abends bei M. zum Karteln mit H´s. An blödem Gelächter und Albernheit nicht zu übertreffen.

Erich Hübel

Liebe Sammelmail-Empfänger,
aktuell erschüttert mich am meisten, dass es (so viele?) ungeduldige Menschen gibt, die gegen alles Mögliche demonstrieren, weil ihnen offensichtlich (oder angeblich?) der Schutz anderer Grundrechte über den Schutz der Gesundheit – der eigenen und der aller – geht, und für die Fake-News über das Virus anscheinend gar nicht abwegig genug sein können.
Dazu absolut passend ist die Zeichnung 1 der Kollegin Ilse Langer, die auch in Zeichnung 2 einen mittlerweile vergangenen Aspekt der Pandemie zeichnerisch sehr treffend erfasst.

Ich habe für meinen heutigen "Worteschwall" zunächst einen Text über die Pflicht-Masken ausgewählt – bevor er womöglich noch zur Wirklichkeit wird.
Der zweite Text zum Fußball allerdings ist höchst aktuell. Man wird ja spätestens Samstagabend wissen, ob er (vielleicht doch) stimmt.
Und wieder hat dankenswerterweise Jürgen Leuchauer einen "Blödsinnszeddl" zur Verfügung gestellt.

Bitte geduldig bleiben und nicht mit Menschen demonstrieren gehen,
die vielleicht etwas ganz anderes wollen, als Grundrechte verteidigen!
Erich

Mund-Nase-Schutz

Mer hodd ja direggd draff warddn kenner:
Mier solln doch edsd alle beim Eikaafn und Busfohrn
a Masgn vuur'n Mund und die Noosn ondsiehn.
Wall's nedd gnuuch medidsinische gibbd, homm si vill Leid selber welche nähn müssn,
aus Daschndücher, Dischdeggn und suh Dseich.
Die Masgn sinn ofd bund und schauer suhgoor manchmohl rechd schee und lusdich aus.
Ka Wunder, wenn die gansn berühmdn Modemargn sich des Gschäfd
nedd nehmer lassn wolln, und glei ah welche onbiedn.
Edsd kammer scho welche kaafn, vo Adidas midd die drei Schdreifn,
vo Gucchi aus Schlangenleder midd derdsu bassender Handdaschn,

odder vo Klepper: absoludd wasserdichd midd Goretex drin.
Die vo Chanell sinn klaa und schwards, die vo Waschbär aus reiner Öggo-Baumwolle,
die vo C & A nadierli in Rendnerbeige.
Und mer hodd scho die erschdn gfälschdn Masgn aus der Dürgei enddeggd!
Und bevuur nedd a jeder fuchdsg Schdügg hodd, werd ka Ruh sei!
Solche Masgn wern beschdimmd des Corona-Schdadussümbol wern!

Corona-Fußball

Unsere Fuballbroffis derfn ja edsd widder onfanger midd'm Weidermachn
in die Bundesligen – als Geisderschbiele ohne Bublikum.
Vill schlaue Leid hamm si doderdsu vill schlaue Gedangn gmachd,
wey mer des für die deuern Schbieler ah wergli sicher machen konn.
Es werd a jeder dsichmohl gedesded, es wern alle Hend gründlich gwaschn –
bloß für'n Doorjubel is kamm wos Gscheids eigfalln,
wall sie die Schbieler doderbei doch suh gern affanander schmeißn und umarmer.
Do bleibd edsd nix andersch übrich, wey dass mer für den Resd vo der Saison
es Doore schießn verbiedn duhd!
Des is hald ah widder nedd suh schlimm,
wall die Schbiele sichd ja eh kanner.

Walter Tausendpfund

Es Weede is eds aa wiede schee,
di Laid wolln naus,
en Krankn sigsd kann,
me mechd ins Werdshaus,
in Biergardn...

Haid hom es erschd Mool
di Profi-Fußballe wiede gschbilld...
Kaa Laid hom zougschaud:
Geisdeschbiele worns...
Es Geld mou hald laafn,
drum laafn aa di Millionäre...
bis wiede aane anderschd schbinnd...

So. 17.5.

Norbert Autenrieth

Mit Corona gibt´s
Gemeinwohlökonomie
Wer mag es glauben?

Tagebuchnotizen Norbert Autenrieth

Wieder einmal Aischtrip: Höchstadt – Adelsdorf und Wasserschloss Neuhaus. Abends von 19:00 – 24:00 Uhr Piotr.

Walter Tausendpfund

Eds solln di erschdn Grenzn
aafgmachd wern...aaf Luxemburg,
Holland, Frankreich,
di Österreicher wolln aa,
dass me wiede kumme...
di Idaliene aa...
Slowenien is scho virusfrei...

Bai uns doo demonsdriern
die erschdn scho in de Schded:
in Hamburg, Münchn,
Schduddgard
ode Halle…:
Geche Verschwörungsdeorien
sens eds:
– *geche Regierungsdikdaduur,*
  däi di Grundrechde schdüld,
– *geche Immbfzwang,*
  waals ferchdn,
  sie gräing Zaich vebassd,
  wos nuned ausdesd is,
– *Bill Geids und sai Schdifdung*
  wern bekembfd,
– *waals die Weldherrschafd wolln*
  mid 500 Millione
  schdad 8 Milliardn,
– *drum dens in Imbfschdoff Chibs*
  mid Schderbedaadn…

Laade ui bläids Zaich werd gred,
und di Rechdn middndrin...
Und daneehm burzeln
Iiberol di Beschrenkunge:
me waaß scho nimme,
wos me derf...
bai uns is so,
bai des Schwoom wiede anderschd,
bai de Thürge und Sachsn aa,
und waide droom is nuumol anderschd...
und die Ösdereiche
däi machens wiede anderschd...

E Zaid is dees,
de Schaadddaun woor no schee,
de Exid (Loggdaun) is
fai echd e gschaids Kuddlmuddl...

Mo. 18.5.

Norbert Autenrieth

Corona belebt
das Autokino wieder.
Ein Kulturvirus?

Tagebuchnotizen Norbert Autenrieth

Autobio angefangen. Terrassenweg nachgelegt.

Walter Tausendpfund

Eds derfn wiede mehr Kinnele in d Schuul...
Si fraie si ned aaaf ne Lehre
odde, dass wos lerne derfn...

Naa, naaa, di Fraindle dreffens wiede...!!!
Mou me desdeweeng in d Schuul?
Und di Eldern home fraie Dooch...
Wos ne denne??

Hurra, hurra...
die Biergärdn sen ab haid wiede aaf...
Abbe Vorsicht:
Anschrift abgehm,
Maskn draaf...
Plads zouweisn laun...
Und:
Abschdand haldn... odde:
Duu, ladsch ned su nah her ze miir!

Na schee, es Weede schbilld aa mid...
di Sunne schaind
und warm is aa...
Bloß um achde soll me,
Du glabsd es ned, scho hammgeeh...
gwies zen Dadord...odde zu de Pilche...

Di. 19.5.

Norbert Autenrieth

Platz Im Biergarten
wird zugeteilt. Bier gibt es
auf Voranmeldung.

Tagebuchnotizen Norbert Autenrieth

Autobio. Lo. geholt (Schultüte mit. Th. (Fam.) und Ju (Fam.) abends in die 7 Schwaben. 2. Tag der Biergartenöffnung bis 20:00 Uhr.

Walter Tausendpfund

Eds waaß bald kaane mehr,
wäi e droo is..:
Die An droong iihr Munddüchle...
und dees scho seid Wochn!...
Die Andern scherns si um nix...
Demonsdrien fier ihr Freiheid...

Die Brofifussballe schbilln vor leere Räng...
scho es zweide Wochenend...

Die Biergärdn sen seit Mondooch (18. Mao) offn,
abe es Wede hod hald ned ganz bassd...

Mi. 20.5.

Norbert Autenrieth

Freut euch! Den Urlaub
will Söder begutscheinen.
Gilt nur für Bayern!

Tagebuchnotizen Norbert Autenrieth

Autobio (unzufrieden). Stufen am Gartenweg zur Garage repariert. Einkauf. Neuer Stromanbieter. M. um Spaziergang mit E. und Schafkopf bis 24:30. M. über Nacht.

Manfred Seifert

Here Comes The Sun

Singen mit Maske, ob das geht? Die Frage wurde ernsthaft gestellt, als die ersten Gottesdienste mit sehr begrenzter Anzahl von Besuchern wieder gestattet wurden. Sie beantwortet sich von selber. Jeder, der in einem Chor singt oder gerne kräftig in die Kirchenlieder einstimmt, weiß, wie schrecklich das klingen würde. Wer möchte schon so ein unterdrücktes, gepresstes, halbfeuchtes Laute-Inferno hören? Also wurde es am vergangenen Sonntag eher ein leises Mitsummen, in einigen Kirchen übernahm ein zahlenmäßig sehr kleines Ensemble Text und Melodieführung. Wie klingt denn der Himmel, wenn man dort anklopfen könnte? Diese zunächst vielleicht seltsam anmutende Frage stellt eine Predigerin, die bekennt, selber gerne Musik auch mal laut in den eigenen vier Wänden zu hören und dabei zu tanzen. Ihre erste Wahl fällt auf Mozarts Halleluja, das man zwischen Ostern und Pfingsten gar nicht oft genug hören könne, in diesem Falle wäre das Drücken der Wiederholungstaste mehr als angebracht. Als Gegenstück gehöre aber auch etwas aus der Zeit vor Ostern dazu, eine Klage-Arie aus Bachs Johannes-Passion etwa. Sie erinnert daran, dass Star-Pianist Igor Levitt in diesen Tagen, 75 Jahre nach der Befreiung, für die letzten Überlebenden des Konzentrationslagers Dachau spielte und sich in einem Begleitkommentar klar gegen alle rechtsextremistischen Tendenzen positionierte. Seinem Spiel in der Stille zu lauschen, schreibt sie eine ähnlich therapeutische Wirkung zu wie dem Brausen mächtiger Orgelregister in der Höhe und Weite von Kirchenräumen. Ein großes DANKE aussprechen sollten wir allen, die mit ihrem Singen, Spielen und aufmunternden Gesten uns zu stillem Erleben verholfen haben. Dazu gehört auch der Beatles-Wohlfühl-Titel Here Comes The Sun, den Bekannte jeden Tag zur selben Zeit vom Balkon gespielt haben. Musik hilft. DANKE.

Do. 21.5.

Norbert Autenrieth

Bierfass im Karren,
einer zieht, einer schiebt,
Vatertag zu zweit

Tagebuchnotizen Norbert Autenrieth

Vatertag. Kein Autobio. Mit großer, illegaler Mannschaft zum „Vatertagsausflug“: Ju. mit Familie, Th. mit Fam. Uwe mit Familie, Mario mit Familie. Uwe Sch. und Claudia. Rinnental bei Alfeld. „Biergarten“ – beinahe wie früher. Anschließend sitzen auf Parkplatz.

NJL Winter

I hogg scho im Woong
Und bin fei nuned bsuffm.
Des wolld i blouß soong

Fr. 22.5.

Norbert Autenrieth

Corona deckt auf:
Übles in Schlachtereien.
Keiner hat´s gewusst?

Tagebuchnotizen Norbert Autenrieth

Text: Filmemacher. Gall. Omatag mit El., No., Em. Stillleben fertig. Th. kurz zu Besuch.

NJL Winter

Saustall im Schlachdhuuf
Die Saubärn schlachdn die Sai
Bleibm doud Corona

Sa. 23.5.

Norbert Autenrieth

Neues Längenmaß
für einskommafünf Meter:
Jetzt ein Corona.

Tagebuchnotizen Norbert Autenrieth

Einkauf, kein Autobio: Über Humboldt-Säle vergebens recherchiert. Nachmittags D. zu Besuch, leider Krebs Prostata, muss nächste Woche ins Krankenhaus. Abends bis 1:00 Karten mit Hs.

NJL Winter

I derf in's Café
Dou is edz wergli Zeid worn
Und d'Sunn' scheind suu schee!

Jürgen Leuchauer

Es is wärgli erschdaunlich, wos a boor Wochn Gwarandääne aus an Menschn machn könner.
Hod mich gesdern in der Schdadd anner oogrunmbld. Und wäi ich gfrouchd hob, obber ned
aweng aafbassn könnd, hod er gsachd, ich sollnern aweng am Ohr schledggn. Komisch – odder?

Zur Zeid nehmer alle aweng Abschdand vonernander. Meine Huusergnöbf aa.
Politisches Statement in schwierigen Zeiten:
Mei Nachber is middlerweile suu bläid, dasser gladd Ameriga regiern könnd.

Und edz obber aafbassn: Di Briefdrächer machen edz aa houmoffis. Däi lesn eiere Brief und
Bosdkaddn, und wenn wos wichdigs derbei is, rufms eich ooh und lesn eich des vur!
Also – aweng vursichdi mid dem, wos mer suu schreibd.

Mer mou in derer Zeid scho aa aweng aafbassn.
Ich wor mid meiner Frau eikaafm. Derhamm hommer nou di Masgn roodou.
Hob ich ned di falsche Frau mid hambrachd. Also – aafbassn Leid – gell – aafbassn soochi.

Leuchauers „Wort-zum-Sonntag-Blödsinns-Zettel" Nummero 6

Extrem-Auswüchse in Corona-Zeiten:
Mer soll ja aa aweng schbordlich sei – in Zeidn, wou mer viel derhamm is.
Wenni edz am Samsdooch obnd di Schbordschau im Fernsehng ohschau,
nou zäichi immer mein Drääningsonzuch derzou oh.
Goud – hä?

Edz wolld ich mir grod an frischn Oraaschnsafd bressn.
Hob ich mir aus Verseehng ned a Bierla aafgmachd.
Ich bin obber aa a Schussl.

Und heid fräih im Halbschloof hobbi dadsächlich mid meim Wegger kuschld
und mei Freindi an di Wänd gworfm.
Also – irchndwos is immer.

Ich hob in ledzder Zeid suu viel glesn ieber di Auswirgungen vo zuviel Algohol, Nigodin und Sex. Edz hobbi wärgli aafghärd – zu lesn.

Außerdem is des wärgli schlimm midn Wedder zur Zeid.
Seid Daagen rengds ununderbrochn.
Mei Frau is scho ganz debremierd und schaud schdändich durchs Fensder.
Wenn des su weiderreengd, mouis widder rei loun.

Dassis ned vergess zum Erzähln:
Ausgrechnd in anner Gwarandääne-Zeid hod mei Fesdbladdn in Geisd aafgebm.

Ich:	*Su eine Scheiße.*
Mei Frau:	*Dengk doch amol aweng bosidiv.*
Ich:	*Schäine Scheiße.*
Mei Frau:	*Na also, gäihd doch.*

Nou is aa nu mei kombledder Inderned-Anschluss ausgfalln.
Edz hobb ich mir ba der Gleengheid mei kombledde Familie amol genau oogschaud.
Scheiner ganz nedde Leid derbei zu sei.

Erich Hübel

Liebe Empfänger dieser Sammelmail,
laut "NN" von heute ist Brasilien jetzt das Land mit den – nach den USA – meisten Corona-Infektionen und –Toten. Der brasilianische Präsident aber glaubt noch immer, die Krankheit sei nur so harmlos wie eine leichte Grippe. Das ist ein weiterer Grund, warum ich lieber in Deutschland lebe, auch mit den derzeitigen (notwendigen) Einschränkungen meiner Freiheitsrechte.
Das erste heutige "Wort zum Sonntag" habe ich schon vor etlichen Wochen geschrieben, es ist aber wohl noch immer aktuell und – hoffentlich – lustig. Ich selber wundere mich allerdings, wie oft ich auch trotz Mundschutzmaske erkannt werde.
Die dazu so gut passende Illustration hat Ilse Langer gefertigt – ohne meinen Text zu kennen.
Als großer Fan des Mindestabstands – als wohl wirksamste Schutzmaßnahme vor Ansteckung – versuche ich mit dem zweiten, noch älteren Text erneut, eindringlich dafür zu werben.
Natürlich fehlt auch heute nicht "Leuchauers Blödsinnzeddl". Danke für die bereits 6. Ausgabe!
Und schon wieder sind wir eine Woche näher am Ende der Pandemie!

Erich

Neues Vorbild

Des kummd fei ah nedd offd vuur, dass die Bollidsei ann Bangräuber lobn duhd!
Obber – suh hassd's – er hodd, wey er die Bang bedredn hodd,
Mund und Nosn vuurschrifdsmäßich midd anner Masgn verdeggd ghabbd,
– beschdimmd dass er kann' onschdeggd –
er hodd midd seiner Bisdoln die andern Leid in der Bang
aff suhgoor mehr wey dswa Meder Abschdand ghaldn,
und er wor suh vuursichdich, dass er wecher der Viren
nedd amohl des geraubde Geld selber onglangd hodd,
sondern si in anne Daschn baggn lassn.
Vuurbildlich, sochd die Bollidsei!
Bloß derwischd hamm's nern nedd.
Sie schaffen's im Momend hald nedd suh schnell,
alle Männer midd ahner Masgn dsu kondrolliern.

Impfung

Heid hamm widder vill Leid in vill deudsche Schdädde gecher alles Mögliche demonsdrierd, ah gecher a Imbfbflichd.
Do kumm i edsd goor nimmer midd.
Niemand konn doch die Imbfgechner im Momend dswangsimbfn –
es gibd doch – und des is nadierli arch schood! – goor kann Imbfschdoff gecher Dummheid!
Vill hamm wohl ah eher fier es Rechd aff a dsweide Corona-Welle demonsdrierd.

Hygiene Demo

Gesdern hobb i beim Schbadsiern gehn aff amohl gans dringend aff's Glo gmüssd.
Es wor dsum Glügg glei a öffendliche Doiledde in der Näh.
Obber die wor suh wos vo verdreggd – des is doch dodahl unhygienisch.
Do müsserd mer doch wos machen.
Die Schdadd muss unbedingd derfier sorgn, dass do öfders budsd wird!
Iech glaab, iech muss desderwegn ah amohl aff anne vo denne Hygiene-Demos gehn,
die's edsd in der Corona-Dseid suh gibd,
und gecher die dreggerdn Doileddn demonsdriern.

So. 24.5.

Norbert Autenrieth

Beinahe alle
könnten getestet werden.
Doch nicht, denn: Wer zahlt?

Tagebuchnotizen Norbert Autenrieth

Ariel. Mit S. Und Ju. Familien Langenzenn – Bräuersdorf mit „Picknick“. Abends stundenlang Telefon E.-M.

Mo. 25.5.

Norbert Autenrieth

Party in Erfurt!
Alles wie vor Corona!
Auf nach Thüringen!

Tagebuchnotizen Norbert Autenrieth

Rasen. Grebner und Declathon. Lo. geholt. Bei S. kurz. Stillleben an Ariel und Text dazu. Cousine Li. gestorben.

Walter Tausendpfund

Ab 25. Mai koosd aa
wiede in die Werdshaise...

De Obe hod sai Düchle rum...

Abbe bloß zwaa Gäsd an an Diesch...
Dai Bier derfsdscho allaans saufn!

Sunsd abbe:
Hygiene Vorschdrifdn beachdn!
Abschdänd und Gsichdsdüchle!
Vor allem, wennsd am Abord willsd...

In Thüringen wollnsn eds glai
alles wiede frei gehm...,
waals ned vill Infegdsione hom...
Bayern bremsd hald wiede...

Es große Gschbensd
is die „zweite Welle"!
Schee sen aa di Diskussione im Fernseh:
Milliardn wern rumgschoom,
Kredite und Schdüdsn
fier den und aa den...
Die Lände gehm,
de Bund gid,
Euroba aa...

Kennd si no wer so ganz richdich aus?
Wern di Junge alles emool
werkli zohln mäin?
De Scholz hod scho lang
e Gsichd vo de Sfings...
– e weng lächeld e,
e weng is e e Fux...

Und dann kummd de Altmaier
– lächeld schee –
und waaß wiede wos nais...
Di Merkl häld si
scho lang wiede raus...
Su is hald große Bolidig!

Wennsd genau hieschausd,
sigsd,
do gid's wos,
dordn gid's nix...
jammern den däi und aa däi...

Ganz schlimm
is in de Schlachdheef
mit de Arbeide aus Osdeuroba...
Dai leehm wäi die Hering
in ganz enge Zelln
und dichd beienand
und schdeggn si oo
wäi ganz wild...

Auskenne – is edsed scho Gliggsssach...
Bald machd jede Landkreis
wos e grood will...
Villeichd schdenne bald Deefele
an jedere Grenz...

Abgschaldn homms ganz schnell,
abbe eischaldn is hald echd sauschwer...

Es waaß kaane mehr so rechd, wos gild...:
De aa sachd soo, de ande sachd soo...
Wäi me dees hald in Frankn
so arch goud kenne...

Frankn is eds iiberol...!

Di 26.5.

Norbert Autenrieth

Sehr viel weniger
besuchen die Arztpraxen.
Macht covid gesund?

Tagebuchnotizen Norbert Autenrieth

Dach von Bus imprägniert. Einkauf. Abends bei Günter.

NJL Winter

I woar in der Stadt.
Die Leid woarn heid gwieß dähamm?
Bamm Beer woar‘s leer – schäi!

Jutta-Dörnhöfer-Schneider

Norbert Autenrieth
versorgt uns mit Poesie
vielen Dank dafür!!

das musste mal gesagt werden.
Danke Norbert!!

Mi. 27.5.

Norbert Autenrieth

Was ist gefährlich?
Gaststätten, Gottesdienste.
Seltsame Mischung!

Tagebuchnotizen Norbert Autenrieth

Bus gewaschen und „eingerichtet“. Th. und N. (Vertrag unterschrieben) zu Besuch. E. einkaufen. Bast-Texte fertig. AVF-treffen im kleinen Kreis wieder möglich. M. zum Karten und über Nacht.

NJL Winter

Des waaß doch jedä!
Wou dä Herrgodd ä Kerng baud,
Baud dä Deifl s'Wäddshaus

Erich Hübel

Corona-Abstand

Die Dogdern hamm's vuurgschlogn, die Bollidigger hamm's uns verordned,
und wohrscheinds bringd's ah wos:
Mier solln nedd wenicher als wey dswa Meder an andere Leid hiegehn.
Am besdn kommer midd dera Regel beschdimmd
die BMW-, Mercedes- odder Porsche-Fohrer dsurechd;
die kenner den dswa-Meder-Abschdand ja scho ewich suh guhd vo der Audobohn!

Do. 28.5.

Norbert Autenrieth

Weg mit dem Mundschutz:
Anti-Hygiene-Demo.
Schon allein das Wort!

Tagebuchnotizen Norbert Autenrieth

Vorbereitung Carwitz. Zu S. wegen Geburtstagsgeschenk No. und Lo.

Manfred Schreiner

Corona, bitte Gehirn einschalten

Es gibt verschiedene Arten mit Corona umzugehen. Die einen stecken den Kopf in den Sand und ignorieren die Pandemie, andere verbreiten disparate Verschwörungstheorien, die oft auf dem braunen Boden verblödeter Neo-Nazis gewachsen sind, wieder andere fallen auf das Präventions-Paradox herein und verwechseln rückläufige Fallzahlen mit einem natürlichen Rückgang des Virus und realisieren dabei nicht, dass die rückgehenden Infektionszahlen den Präventionsmaßnahmen zu verdanken sind. Umgekehrt gilt aber auch: Steigende Infektionszahlen sind der Nichtbeachtung von Präventionsregeln zu verdanken. Die Zahl der Infektionen ist also nicht Gott gegeben, sondern von unserem Verhalten abhängig.

Wer sich auf „Trump-Niveau“ herab begibt, sieht gar einen ursächlichen Zusammenhang zwischen Anzahl der Messungen und Zahl der Krankheitsfälle. Er betrachtet so den Test als Ursache der Krankheit. Nach dieser Logik wäre die Ursache des Klimawandels die Messung der Erdtemperatur. Käme heute einer auf die Idee, den Klimawandel durch Verbot der Temperaturmessungen bekämpfen zu wollen, würde man ihn für verrückt erklären, Eltern würde man bestrafen, wenn sie das Fieber ihrer Kinder durch Verweigerung der Fiebermessung besiegen möchten.
Außerhalb von Corona können die Meisten noch abstruse Vorschläge erkennen, bei Corona offensichtlich viele nicht. Deshalb mein Appell: Handeln wir rational, bekämpfen wir Corona mit Mindestabstand, Hygiene und Alltagsmaske. Dieser Methode könnten sich sogar Impfgegner anschließen, wenn sie bereit wären, ihr Hirn einzuschalten.

Fritz Schnetzer

Der Schamane

Florian Kaspar besuchte sein Dorf wieder, wieder einmal nach sehr, sehr langer Zeit. Der Ort lag irgendwo im Fränkisch- Sibirischem, überm Gebirg, nur schwer zu erreichen. Im Winter schon gar nicht. Von den Ahnen war keiner mehr da, gestorben alle oder abgewandert in lebensfreundlicheres Gebiet. Aber man kannte Florian noch, jemand wusste sogar, dass er ausgezogen war vor sehr vielen Jahren, Medizin zu studieren. Man hatte so lange nichts mehr von ihm gehört und auch deswegen, und weil sie alle Hoffnung aufgegeben hatten, dass er als wohlgestallter Landarzt dereinst das Dorf und damit auch sie retten würde, waren seine Eltern gestorben. Sie hatten immer wieder spöttische Gstanzeln in der Dorfwirtschaft ertragen müssen und irgendwann war ihr Herz zerborsten mit einem letzten, wunderschönen Klang. Eine lang strapazierte Saite. Von all dem hatte Florian nichts gewusst. Jetzt endlich kam er als Doktor zurück, er hatte das Examen doch noch geschafft. Die frohe Botschaft brannte auf seinen Lippen. Jetzt wollte er sich niederlassen hier in Wurzelöd, seinem Heimatort. Etwas anderes blieb ihm auch nicht übrig, denn seine Examensnoten waren ein wenig zu schlecht gewesen für die große weite Welt. Aber wer Wurzelöd retten kann, rettet die Welt, dachte er, und seine Eltern rettet er sowieso.

Die Blicke, die ihn jetzt trafen, als er in seinem alten VW-Bus, vollgepackt bis übers Dach, ins Dorf tuckerte, waren nicht sehr freundlich. Hochgezogene Augenbrauen vielleicht, ein schief geneigter Kopf mit einem nachdenklichen „Häh?" Ein gewisses Erkennen lag vielleicht darin, verbunden mit der Frage, warum sich einer wie Der noch zurück ins Dorf traut. Ein Mütterlein murmelte sogar „Beileid", was ihn erstaunte und erschrecken ließ, denn jetzt erst dämmerte ihm die erschreckende Wahrheit. „Willst deine Eltern besuchen?", war die erste Frage. „Da bist aber spät dran. Die liegen auf dem Friedhof im Armengrab. Gesammelt haben wir alle für sie, du Saukerl."

Florian schluckte. Er setzte an zu sagen, dass er sich erst rühren wollte, wenn er fertig sei mit allem, aber der Wirbel an Fragen, nicht gerade freundlichen, traf ihn wie die Pfeile den Leib des Heiligen Sebastian.

„Wie lang willste denn bleiben?" Ob er denn nicht gleich wieder gehen wolle? Auf dem Friedhof könne er sie ja noch besuchen, die Eltern, das sei Sohnespflicht.

Das habe er vor, erwiderte Florian trotzig, das habe er verdammt noch mal vor und es täte ihm leid, alles täte ihm leid, was er durch seine Nachlässigkeit verschuldet habe. Doch das wolle er wieder gut machen, so weit es geht. Dem Dorf als Arzt helfen, das kann ich sehr wohl. Und als Viehdoktor auch, da kann ich gut hinlangen. Denn wie der Mensch tickt, tickt das Vieh. Da nickten die Bauern, das gefiel ihnen und ihre Gesichter wurden ein wenig freundlicher.

„Kannst bleiben“, meinten sie nun, „Kannst dich einrichten, denn ja, das Haus, es steht ja noch.“

Aber einen Arzt, den hätten sie schon, oben auf dem Berg, einen Wunderheiler. Woher der kommt, wisse man nicht. Wie lange der bleibt, wisse man nicht, deshalb sei es gut, wenn er bliebe, von dem könne er einiges lernen.

„Den will ich kennen lernen“, sagte Doktor Kaspar halb begeistert, halb nachdenklich. „Von dem hab ich bereits gehört. Ein Russe, nicht wahr?“ Und für sich, leise:“ Der geistert durch das östliche Oberfranken, baut sein Baldachinzelt auf abseits der Ortschaften, ist begleitet von einem Pulk mehr oder weniger attraktiver Frauen. Ein medizinischer Wanderzirkus, könnte man sagen. Die örtlichen Ärzteschaften würden versuchen, ihn mit einer einstweiligen Verfügung schachmatt zu setzen. Aber vergebens. Ein Hund sei er! Ein medizinischer Hund, mit allen Wassern gewaschen. Erfolge habe er ja, nachweisbare, – und was daneben geht. Kollateralschaden. Bei dem schaue keiner so genau hin. In Coronazeiten.

„Schaden kann`s nicht“, dachte Florian Kaspar. „ Wenn ich dem assistiere, kann ich ihm einiges abgucken und das steigert mein Ansehen im Dorf, „und wenn er weiter zieht, und er wird nicht lange bleiben, gewiss nicht – dann bin

ich der einzige Arzt wieder im Dorf, approbierter Arzt und Schamane. Davon kann ich gut leben."

Und Florian Kaspar rieb sich vergnügt die Hände und beschloss zu ersten Kontaktaufnahme und weil ihn der Hunger plagte, auf schnellstem Wege zum Wirtshaus zu eilen. Die Eltern würde er später besuchen, er wolle zunächst auf ihr Wohl anstoßen und auf ihr Seelenheil trinken. Das kam ihm zwar frivol vor, aber das macht man doch hierzulande, dachte Doktor Florian. Er war lange weg gewesen.

In der Nacht ging ihm so einiges durch den Kopf, dem Florian. Die Eltern, von deren Tod er nichts gewusst, ja nicht einmal geahnt hatte. Sie waren so gesund gewesen, meinte er, als er sie vor etwa zehn Jahren verlassen und zum letzten Mal gesehen hatte. Er hatte sich totgestellt, ganz einfach nicht auf ihre leicht krakligen Briefe reagiert. Sie waren unbeholfen im Schreiben, mit schweren Händen, Bauernhänden – und dafür hatte er sich geschämt? „ Pfui Teufel" dachte er bei sich und jetzt wusste er genau, warum die Nachbarn ihn erst einmal feindselig angestarrt hatten. „Ein verlorener Sohn bin ich, ein liebloser Sohn" dachte er und kalter Schweiß brach aus allen Poren. Er würde es schwer haben, das Vertrauen der Leute zu gewinnen und er überlegte, wofür er spenden sollte und in welchen Verein er eintreten müsse. „Pfui Teufel", sagte er noch einmal und spuckte in den Nachttopf, weil die Toilette noch nicht funktionierte. „Du willst dich einschleimen, dazu gehören aus niedrigen Motiven" und dabei waren Vereine noch nie sein Ding. Florian Kaspar schwitzte noch mehr. Das Bier, die Schnäpse am Abend in der Kneipe? Er hatte Runden ausgeben müssen, er hatte viel geschwätzt über sich, über das Leben in der Stadt, über die Uni. Nicht alles stimmte oder das Meiste nicht. Aber eine kleine Schadensbegrenzung, eine Imageaufbesserung schien ihm gelungen.

Doch jetzt, das Schwitzen. Es war wohl mehr als der Alkoholexzess. Vielleicht hatte er Fieber? Sicher war es Fieber, wenn auch nur leichtes. Er hatte also einen doppelten Grund dafür, morgen auf den Berg zu fahren, den Wunderheiler zu treffen, ihm seine Hilfe anzubieten." Vielleicht lasse ich mich auch selbst behandeln. Schaden kann`s nicht", dachte Doktor Kaspar, „ dabei kann ich ihn testen."

Er fühlte sich nicht wirklich krank, aber die Krankheitsangst war in aller Munde. Selbst heute Abend in der Dorfwirtschaft hatten die Leute teils abenteuerliche Masken getragen, teils holzgeschnitzte zur Geisterabwehr gegen die Chinesenkrankheit – so nannten man hier Corona -, teils handgeschneiderte aus den Kittelschürzen und Unterröcken ihrer Frauen. Einer hatte sogar von einem verblichenen Talar des Dorfpfarrers ein Stück ergattert und daraus einen Mund-und Nasenschutz gebastelt. Aber der war nicht tragbar, zu dicht war der Stoff und der eh schon wohlgeleibte Träger drohte an Atemnot zu ersticken. Maskenball in Wurzelöd. „Seid`s jetzt total narrisch, Leut?" hatte Florian halb erstickt vor Lachen, halb panisch in die Runde gerufen. „Nehmt`s bloß nicht auf die leichte Schulter! Überall sterben die Leut und ihr hier auch, wenn wir nichts tun!" Aber das war heut zur Unzeit gesagt. Man schlug ihm auf die Schulter und brüllte ihm bierselig feucht ins Ohr: „Abwarten, Doktor, heißt die Devise. Du hast auch nicht das Heilkraut erfunden. Du nicht! Aber das passt schon! Du passt schon daher!"

Das alles klang nach. Wirrwarr im Kopf. Warum war er wieder hier gelandet, wo er nie wieder hatte landen wollen? Aber dann dachte Florian, leicht resigniert grübelte er: „Warum nicht? Überall ist Wurzelöd. Überall setzen die Leute

Masken auf, haben schon immer Masken aufgesetzt, die sie lebenslang nicht absetzen konnten. Die neuen Masken können sie wenigstens absetzen, wenn sie wollen. Aber nur wenn sie wollen. Liebespaare trennen sich, Familien zersplittern. Atomisieren sich. Auch ich habe alle meine Brücken abgebrochen. Was beklage ich mich? Meine Eltern, was haben sie nicht alles für mich getan? Schwapp es runter, mit Bier! Noch einen Schnaps! Lass ihn kommen, den Heiler, den Russen! Morgen bin ich bei dem auf dem Berg!"

Der Heiler empfing Doktor Kaspar auf einem Plateau oberhalb des Dorfes. In Reichweite lag der Ort, man hörte von oben das Geräusch der Traktoren, das Kreischen der Sägen, das Brüllen der Kühe, die gemolken werden wollten. Vertraute Geräusche von unten, ein wenig gedämpft durch Fliederhecken, die am Hang wuchsen und zur Pfingstzeit den Kirchenschmuck lieferten. Flieder und Birken und Pfingstrosen, Florian wurde leicht sentimental. Die Heimat hatte ihn wieder.

Oben auf dem Berg war es relativ still. Ein großer länglicher Steintisch war zu sehen, eigentlich ein riesiger Findling, irgendwann am Ende der Eiszeit heraus geschwemmt, abgeschliffen von der Zeit. Teufelstisch nannten ihn die Einheimischen, dort spiele der Teufel Karten um Mitternacht in der Walpurgisnacht und der Preis seien Jungfrauen. Sündige Jungfrauen, hatte der Dorflehrer vor ewigen Zeiten im Fach Heimatkunde erklärt. Aber die gäbe es nicht, nicht hier und nicht in der Nachbarschaft und deshalb sei der Teufel wütend hinab gefahren in die Erde und auf der anderen Seite der Welt wieder aufgetaucht. In China. Und von dort ist er wieder gekommen in Gestalt des COVID- 19. So klein ist die Welt. Doktor Kaspar musste lachen. Aberglauben. Und er, der frisch gebackene Doktor wollte sich dem ausliefern. In kritischer Distanz zwar. Aber immerhin.

In sicherem Abstand vom Tisch stand eine Gruppe von fremd wirkenden Personen, Männern wie Frauen, von denen Florian nicht sicher wusste, ob sie einfach wartende Patienten oder nur neugierige Beobachter waren. Viele standen mit vor der Brust verschränkten Armen, verkniffen feindselig blickend mit verschlossenen Mündern – aber viele auch – und das war fast die Mehrzahl – freundlich zugewandt und erwartungsfroh lächelnd. Scharlatan oder Retter? Diese Frage war allen Gesichtern abzulesen.

Herr Sultanow, der Erwartete, der Retter stand neben dem Tisch. Blütenweißer Sommeranzug, feinstes Leinen, das Jackett hatte er ausgezogen. Sorgfältig über einen Bügel gehängt hing es in den Zweigen einer uralten Linde. Die Sonne brannte heiß. Die weißen Hemdsärmel hatte der Meister sorgfältig hoch gekrempelt. Über seiner fleckenlosen, Vernissage geeigneten Kleidung trug der Heiler eine bis zu den Knien reichende Gummischürze. Eine Metzgerschürze. Jetzt erst sah Doktor Kaspar, dass die exakt gebügelten Hosenbeine in Gummistiefeln endeten. Teure italienische Lederhalbschuhe – Maßanfertigung vermutlich – standen abseits. Ebenfalls unter der Linde.

Über dem Steintisch war ein sehr großes, teures Baldachinzelt aufgebaut. Braunweiß gestreift, die Seitenwände waren hochgeklappt. Der kultischen Handlung Schatten bietend. Einsehbar von allen Seiten. Derartige Zelte kannte Florian Kaspar nur von mittelalterlichen Darstellungen. Schlachtengemälde waren es. Fürstenzelte , in denen die Herrschaften speisten, bevor sie ihre Heerscharen in Gemetzel jagten. Beeindruckend war dies alles. Eine großartige Inszenierung. Wem zum Nutzen?

Zwischen den Zuschauern hatte Florian einige atemberaubend schöne Damen entdeckt mit hohen Backenknochen und schräg geschnittenen Augen. Wo kamen die wohl her? Wohl nicht aus Wurzelöd. Vielleicht von jenseits der Grenze, aus Karlsbad, Marienbad, Prag? Egal. So viel Schönheit tut gut in Wurzelöd. Man sollte sie einbürgern, die Damen.

Noch träumend ereilte Doktor Kaspar der herrische Blick des Herrn Sultanow. Er winkte den Doktor zu sich. Mit großer Gebärde stellte er den frisch gebackenen Arzt den Zuschauern vor: „ Doktor Florian Kaspar, mein neuer Mitarbeiter". Florian war sehr überrascht. Woher bloß kannte der ihn? Er war sich selber noch gar nicht sicher, ob er dem Herrn Sultanow assistieren, also zuarbeiten wollte. Der Wunderheiler schien ihm ein sehr eitler Geck zu sein, ambitioniert und skrupellos. Aber der Mann hatte wohl Erfolg. Alles vom Feinsten! Das ganze Ambiente – sehr beeindruckend für einen wie ihn, der immer von der Hand in den Mund gelebt hatte.

Der Prophet – auch so bezeichnete er sich gern, packte den noch Zaudernden mit eiserner Hand an der Schulter und drehte Florian so schnell zu sich um, dass ihm fast schwindlig wurde. Sultanow zischte ihm leise, aber äußerst eindringlich zu: „ Du wolltest doch schon immer wissen, was in Dir steckt. – Ich darf doch Du zu Dir sagen!" Und das in welchem Ton!. Kein Widerspruch war möglich. „Du wirst staunen – und Du wirst sehen, es hilft – es hilft alles, was ich tu, auch wenn es Dir merkwürdig erscheint. Du wirst es sehen! Denke an Trump. Glaube an Deine Überzeugungskraft. Die bewirkt alles! Zweifel ist überflüssig! Glaube hilft!"

„Du wirst es sehen!" Mit diesen Worten wandte er sich von Florian ab und dem ersten Patienten zu. Mit samtweicher Stimme bat – oder eher befahl er einem jungen Mann,

sich auf den Tisch zu legen. Er sollte sich bis auf die Unterhose ausziehen. Der Wind wehte sanft. Die Blätter rauschten leise. Fürsorglich schob eine dieser hübschen Assistentinnen dem Patienten ein Gummikissen unter den Kopf. Der Behandlungstisch war abgedeckt mit einer grünen Baumarktschutzfolie, wasserdicht und reißfest. Der junge Mann gehorchte bereitwillig und wie in Trance. In einem gewaltigen Kupferkessel köchelte ein grünlicher Tee. „Brennnesselsud?", fragte sich Florian, doch es roch aromatischer. Eine Vielzahl von Düften umgab ihn. Der gesamte Kräutergarten Salomons schien in diesem Zaubertrank vorhanden zu sein. Erwartungsvoll lag der Patient auf seinem harten Lager und starrte mit großen Augen in den Himmel. Eine Hand legte sich auf seine Stirn, liebevoll fragte der weise Heiler: „Geht es Ihnen jetzt gut? Sie haben in diesem Augenblick keine Schmerzen! Das ist gut so. Das muss so bleiben!" Der junge Mann nickte ergeben.

Er werde ihm jetzt diesen Trank einflößen, erklärte Sultanow Doktor Kaspar und dem Patienten zugleich. „Ein Mittel aus uralten Zeiten. Man hat es eingesetzt zur Bekämpfung von Epidemien. Es half. Immer wieder hat es geholfen, zu allen Zeiten. Sultanows Stimmen kämpfte mit einer gewissen Trauer. „Leider aber wurde das Wissen, wie diese Heilmittel herzustellen sind, welche Heil – und welche Giftpflanzen in welcher Mischung von Nöten sind, – leider wurde dieses Wissen verdrängt, bekämpft durch die absolute Herrschaft der Pharmazeutischen Industrie. Ich aber besitze dieses Wissen noch und ich werde es nutzen. Zum Wohle von Euch allen. Von uns allen!" Mit diesen Worten verlor des Heilers Stimme alle Betrübnis, verstärkte sich zu einem schmetternden Fanfarenton. Selbst die Vögel in den Zweigen verstummten verdutzt.

„Wir werden jetzt heraus jagen alles, aber auch alles, was an viralen Giftstoffen in diesem Körper, in jedem Körper von Euch allen, vorhanden ist!“ Wie auf Kommando richtete sich der Patient auf, schnellte fast in die Höhe. Ein erbärmlicher, nicht enden wollender Husten erschütterte seine Brust. Schleimblasen. Speichel lief aus seinem Mund.

Doktor Kaspar erschrak. Jetzt erst erkannte er: Dieser Mensch hatte Fieber. Hochgradiges Fieber. Warum war ihm das nicht aufgefallen? Er wusste es nicht. Abgelenkt war er durch diesen charismatischen Doktor in Weiß. Ob der nun wirklich ein Arzt war oder nur in seiner hingabebereiten Einbildung diese Rolle für ihn spielte – er wusste es nicht. Jedenfalls ärgerte sich Florian, dass er so leicht die Kontrolle über seine Wahrnehmungen verlieren konnte. Ein schlechter, ein miserabler Diagnostiker war er gewesen. Bestenfalls sein eigener Schwächezustand, Alkohol – oder krankheitsbedingt, konnte ihn entschuldigen. Genauer hinschauen, das wollte er nun. Keinesfalls wollte er hier eine Rolle spielen als staatlich geprüftes Alibi.

Der Heiler winkte und sehr schnell waren die hübschen Assistentinnen zur Stelle. Ein schwerer, betörender Parfumduft umwehte Florian. Sanfte Stimmen umgaben den Kranken, der Patient wurde sachte beruhigend zurückgedrückt auf sein Lager. Der Heiler sprach. War es ein Gedicht? War es ein Gebet? Die Worte hüllten ihn ein, den Kranken genauso wie Doktor Florian. Auch hatten die Mädels ihre Rehaugen bewundernd auf den Meister gerichtet. Florian brauchte lange, doch dann erkannte er die Worte. Hier klangen sie anders, die Verse, noch bewegender, noch magischer. Schicksalhaft. Es war Paul Celan. Seinetwegen und wegen einiger Anderer hatte Florian sein Studium so lange vernachlässigt. Er war der Lyrik in die Hände gefallen. Opium für den Me-

dizinstudenten vom Lande. Fremd und betörend wie dieser Parfumgeruch jetzt. Paul Celan! Das Gedicht CORONA. In diesen Zeiten.

Florian sprach leise träumend mit: Corona. Der Kuckucksruf. Ein gelber Falter. Mandelaugen.

Corona

Aus der Hand frisst der Herbst mir sein Blatt; wir sind Freunde.

Wir schälen die Zeit aus den Nüssen und lehren sie gehen:

die Zeit kehrt zurück in die Schale.....

Und träumend, immer noch träumend, hörte, nein sprach Florian weiter.

„Es ist Zeit, dass der Stein sich zu blühen bequemt.
dass der Unrast ein Herz schlägt.
Es ist Zeit, dass es Zeit wird.

Es ist Zeit."

„Es ist Zeit. Wozu ist es Zeit?" Florian dachte nach. „Zeit zum Leben? Zeit zum Sterben? Ein jedes hat seine Zeit. Ich auch?", entsetzte sich Florian.

Sein etwas glasig gewordener Blick richtete sich jedoch wieder auf das Geschehen. Der alerte Meister säuselte, sang fast auf den Patienten ein. Diese scheinbare Innigkeit. Diese geradezu einstudierte Innigkeit. Woran erinnerte das? Der leicht panische Patient und der beschwörende Kammerton des Schamanen? Ja, das war Schubert. Eine Schubertinszenierung: „Der Tod und das Mädchen." „Ich bin nicht wild" – und hier, bei dieser Stimme, erschauerte der Patient, fiel in sich zusammen. Formbar war er geworden, ein Klumpen Mensch. Hatte der sich hineingelegt in die Hand des Töp-

fers? War das eine resignierende, eine Hingabe bereite Ausrichtung auf diesen gottähnlichen Wunderheiler?

Und wieder sprach der Herr Sultanow ganz leise, beschwörend: „ Öffne Deinen Mund weit, ganz weit. In meinem linken Arm wirst du liegen, damit ich Dir mit der rechten den lebensspendenden, nein lebenserhaltenden Trank einflößen kann." Doch dann wurde diese Stimme laut, fast brüllend, so dass es auch die entfernter Stehenden deutlich vernehmen konnten. „Diese Medizin wird das Böse in ihm, das Schlechte, das Kranke verdrängen, vernichten, verschlingen." Und etwas leiser, eine Nuance nur leichter, verkündete er, an Doktor Kaspar gewandt und an alle Herumstehenden, die inzwischen näher gerückt waren, den Steintisch, nein den Opfertisch, umgaben wie eine Herde Schafe. Eine unsichtbare Grenze hielten sie ein, einen nicht abgegrenzten Taburaum. Doch alle konnte sie es hören, dieses angestrengte Flüstern: „ Du musst jetzt Deinen Mund sehr weit öffnen. Du wirst in meinen Armen liegen, entspannt und voller Vertrauen und mein Helfer hier, der Herr Doktor Kaspar, wird Dir dieses Heilmittel einflößen." Ergeben nickte der Patient. Florian aber erschrak. So sehr wollte er auch nicht eingesponnen sein in diese kultische Handlung. Aber er gehorchte. Mit einem Trichter goss er den Tee in den geöffneten Mund. Langsam tat er das, sehr langsam und vorsichtig. Der Patient schluckte. Immer wieder goss Florian, schaute den Heiler fragend an, der nickte: „Weiter". Wie viel kann denn der Leib, dieses Gefäß, fassen? „ Sehr viel!", meinte der Meister, „Die Wirkung kommt gleich. Du wirst es sehen."

Und die Wirkung kam. Sehr schnell. Es sah aus wie die ganz große, die lebensbedrohende Krise. Schweiß brach aus allen Poren des Kranken, blutiger Schweiß, der Kranke erbrach sich und musste gestützt werden von den Damen, die tapfer und unverzagt ihre Samariterarbeit leisteten. Als der Unglückliche auch noch Wasser und Stuhl nicht mehr halten konnte, wichen die Umstehenden entsetzt zurück.

„Dieser Zustand ist bald vorbei", jubelte der Schamane. „Jetzt wisst ihr, warum ich diese lächerliche Metzgerschürze trage, wozu die Folienlaken dienen. Ich habe meine Erfahrungen. Alles wird gut. Alles muss heraus gespült werden aus diesem verseuchten Körper. Bald wird er aufstehen und sich an nichts mehr erinnern. Er springt ins Leben zurück, wenn wir auch äußerlich die Spuren seines Kampfes abgewaschen haben. Und er wies auf eine Wanne, die hinter der Linde versteckt, auf den nunmehr geheilten wartete. Ein antikes Stück auf bronzenen Löwenpranken, golden angestrichen und gefüllt mit duftendem, warmen Lavendelwasser. Ein ähnliches Stück findet man nur noch im Oval Office im Weißen Haus. In dieser Wanne sitzt einer meiner begnadeten Kollegen, ein Mitreißender, ein Überzeugungstäter, der es bis ins Präsidentenamt geschafft hat. Auch er will nichts anderes als ich: Reinigung, Reinigung, Reinigung. Aus seiner goldenen Wanne twittert er seine medizinischen Ratschläge, nein, seine Visionen in das Land. Ich zitiere ihn gerne: „Ich sehe Desinfektionsmittel, die den Virus in einer Minute auslöschen. Eine Minute! Und es gibt eine Möglichkeit, wie wir so etwas machen können, durch eine Injektion ins Innere oder fast wie eine Reinigung." „ So macht es der Präsident, so mache ich es mit meinem Trank, nur dauert es bei mir etwas länger als eine Minute", versuchte der Heiler Iwanow zu erklären. „Ich handle allein mit Überzeugung. Mit Suggestionskraft. Dieser historische Ort, die alten, erhabenen Eichen hoch oben über deinem Dorf , der Steintisch, mythenumwoben, meine hübschen Assistentinnen, ich selber putze mich heraus, bin durchgestylt, als ginge ich zu einer Hoch-

zeit – und die auserwählte Braut ist der jeweilige Patient. Da speit man sich doch gerne die Seele aus dem Leib und fühlt sich hinterher wie nach der Hochzeitsnacht: erst geschwächt, dann gesund. Schau dir den jungen Patienten von vorhin an: Völlig kraftlos wurde er vom Behandlungstisch geschleppt, jetzt sitzt er im warmen Wasser, umsorgt und strahlt. Der kommt wieder auf die Beine. Wie lange? Das weiß keiner. Aber was ist mit dir, mein lieber Doktor Kasper. Hast du dich nicht eben selber auch ziemlich krank gefühlt? Fieber im Anmarsch und so? Du als Patient, du wärst er richtige Werbeträger. Doktor Florian Kaspar, Landarzt in spe, lässt sich von Dr. Sultanow, homöopathischer Arzt und Heiler, höchstpersönlich kurieren. Wie wäre das?

Und als Florian noch mit klopfendem Herzen überlegte, ob er sich nicht schon längst zum Helfershelfer eines Scharlatans gemacht habe, reingelegt und willenlos gemacht durch ein paar entzückende Weibsstücke, und als er Einwände erheben wollte, da griffen schon Hände nach ihm, um ihn seines Jacketts zu entledigen und...

„Es reicht. Es reicht!" Doktor Florian Kasper wachte aus seinem durchgeschwitzten Elternbett auf und blickte ziemlich verwirrt um sich. „ Oh Gott, ja. Ich habe meine Lektion gelernt. Keine großspurigen Anflüge von Pseudowissenschaft, keine hermeneutische Lyrik, keine Angeberei. Einfacher Landarzt werde ich sein, Vertrauter für Mensch und Vieh, denn hier in der Provinz ist mein „Weißes Haus!" Und wer Visionen hat, der gehe zum Arzt.

Aber leider gehen die Leute nicht mehr zum Arzt, sondern lieber auf die Straße, resümierte Florian und alle demonstrieren sie für das Recht: „Jeder soll oder darf oder muss nach seiner Fasson zu Grunde gehen."

Und da sind die in Stuttgart oder in München oder in Nürnberg auch nicht besser als die in meinem Traum auf dem Berg hoch oben über Wurzelöd.

Basta

Fr. 29.5.

Norbert Autenrieth

In der AFD:
Spaltseuche ausgebrochen.
Gern bis Exitus

Tagebuchnotizen Norbert Autenrieth

10:15 Abfahrt nach Carwitz. Nach Stau in Berlin Ankunft 17:15, alles zügig und freundlich. Essen in Carwitz-Eck. Abends dann Th. und Ju. Nachts sehr frisch: eine Zeitlang vor dem Zelt und dann mit L. und Em. Schafkopf im Bus. Früh: 24:00 ins Bett.

Jürgen Leuchauer

In Corona-Zeiten spitzen sich manche ehelichen Zwiegespräche zu –
und zwar auf eine manchmal sonderbare Art und Weise:
Sie: Hosd du a Jaggn ohh?
Er: Ja.
Sie: Und an Mandl?
Er: Ja, ja
Sie: Fesdes Schuhwerg?
Er: Ja freili
Sie: Schal, Müdzn und Händscher?
Er: Jaaa, sicher
Sie: Hosd du aa an Hausschlüssl derbei?
Er: Edz nerv mi ned, ich bring doch bluoß in Müll noo.

Übrigens:
Es wird behaubded, Algohol konn Corona döödn.
Nou wird aa nu behaubded, Nigodin konn Corona döödn.
Und nou soongs aa nu, dass Sunnerlichd Corona döödn konn.
Und edz aafbassn: Wenn sie mich bsuffm mid anner Zigareddn in der Händ naggerd im Gaddn lieng sehng, nou führ ich grood wichdiche medizinische Exberimende durch – verschdandn?

Erster Kneipenbesuch des Mannes nach der teilweisen Lockerung.
Des nächtens kommt der Mann mit etwas humpelnder Zunge nach Hause und sagt zu einer Frau:
Ey, ich wor vernümbfdich, nach denne boor Halbe hobi is Audo schdäih loun und bin middn Bus gfohrn. Den moui obber morng fräih widder zrügg bringer. Schdäihd vur der Hausdür.

Verkehrspolitische Diskussion am Stammtisch:

Kumpel A	*Sooch amol bisd du eichendlich aa gecher Rasn aff der Audobahn?*
Kumpel B	*Freili, wer soll denn des ganze Gras mäher?*

Stammtischgespräch zu vorgerückter Stunde:

Kumpel A	*Also ledzde Wochn häddi fasd jedn Dooch mid meiner Frau gschloufm.*
Kumpel B	*Wooos? Ehrlich? Ja sooch amol*
Kumpel A	*Ja, fasd am Mondooch, fasd am Diensdooch, fasd am Middwoch, fasd am …*

Norbert Autenrieth

Dou der nix hulln!

Mir mäin fei aafbassn. Mir mäin wergli aafbassn, dassmersi ned woss hulln. Su leichd kommer si edz woss hulln.

Wennsd dou ned aafbassd. Die fraa Kreizer neehmdroo homms gesdern ins krangnhaus. Iich hobbs gseeng, wäisis abghulld homm. Däi hoddsi beschdimmd woss ghulld.

Woos? Än verband hodds droo ghabbd? Des homm sie gseeng? Woher? Sie homms gseeng, wäisis im drebbnhaus noodroong homm? Noja, werd ihr hald schwindli worn sei, und dann hoddsis highaud und sie is ircherdwo middn kupf hingschloong. Wohrscheinli weills su schwach woar, weil sersis ghuldd ghabbd hodd. Iich hobbs ä boor mool gseeng, dass fordganger is. Vom fensder aus hobbis gseeng. Derbei is däi doch aa ieber sechzich. Risiko, soochi bloas, Risiko!

Si hommsi sorng gmachd, weils mi scho zulang nimmer gseeng homm? Na, iich bin bloas vorsichdi. iich gäih goar ned naus. Eikaafn doud mei dochder. Scho seid achd wochn. Naa, iich gäih nimmer ausm haus. Iich bin vorsichdi. Bläid woars bloas, wäis ä zeidlang ka chlobabier gehm hodd. Hobbi widder zeitungstreifn schneidn mäin. Wäi nachm kriech. Weil di zeidung hobbi scho ghulld ausm briefkasdn. Dou hobbi immer mei masgn oozung und die winderhandschu gnummer, weil andere hobbi ned. Ma wass ja nie, wer an sein briefkasdn alles hiiland. Jedenfalls die zeidungszustelleri und der bosdbood. Obber ich hobbs hinderher immer desinfizierd. Die handschuh. Mid schbühli, hobb ja nix andersch. Obber in fernseng homms gsachd, des gäihd a. Machd aa es leder schäi waach.

Woss middi brief? No, di hobbi naürli aa nur middi handschu aafgmachd. Und mid an messer. Des hobbi dann aa desinfizierd. Also wissns, manches verstäih ja ned. Mer hodd doch gsachd, am besdn gäihd mer ned ausm haus. Und des hobbi ja gmachd, bis heid. Hobbi grood scho gsachd. Und iich hob alle fensder zugloong, damid der virus ned neikummd. Obber edz hobbi ghärd, mer soll ofd lüfdn. Edz wassi goar nimmer, woss richdi is.

Ja, des middn chlobabier hoddsi ja goddseidank widder gehm. Ich mou aaf mei verdauumg edz a mer aafbassn, weilimi nadürli wenicher beweeng dou. Su ä glanz schbaziergängler hobbi fräiher scho jedn dooch gmachd. Gäihd edz nimmer. Obber seid i jedn dooch fufzich rundn züchi um mein cauchdiisch mach, is des a fasd widder nurmoll. Derf hald kann schokolad essn odder bannaer, weil däi schdopfn.

Obbi ned äweng di underhaldung vermiss? No, ja scho. Sie homms ja goad, si homm ja nu ä frau. Obwohl, noja. Sie wern lachn: Mei dochder siechi seiddem sugoor öfders als fräiher. Jednfalls heeris öfder. Weils ja eikaafn doud fier miich und dann klingelds und schdellds des zeich vur di dier. Und dou konni mir immer äweng underhaldn mid ihr. Is scho persönlicher als am delefon. Is ja nur di wohnungsdür derzwischn. Und sunsd schaui hald vühl fernseng. Dou konn mer si beschdimmd nix hulln.

Woss soongs, die mudder vo der fraa schmidt vom zeidungsläderle is a gschdorm? Hoddsis däi aa ghulld? Noja, däi woar ja scho ald. Wäi? Sechsundneunzig! No wissens, su ald mächerdi ned wern.

Des woar edz obber schäi, dass bei mir oogruufn homm. Mer sichdsi ja nimmer im drebbnhaus oder sunsd. Bassns goad aff siich aaf, Hullnsersi nix und vergessns ned, das edz ihrn delefonhörer desinfiziern!

Amadé Esperer

Finale

Sie zeigten uns die Bilder
die Instrumente lagen bloß
für einen langen Moment
war die Wahrheit die Wahrheit
selbst aus den Schlangenkästen krochen
keine Nattern, keine Gerüchte infizierten die Stimmung
der Situs zeigte für diesen Moment der Totenwache
die bisher beschwiegene Landschaft
das kalte Gesicht der Befunde
die Metamorphose der Krone der Schöpfung

dumpfe Wolken hatten die Sonne verschlungen
in allen Adern flockte das Blut
der Tag lag in schreiender Stille
auf Edelstahl
dies war das Herz
dies war das Stirnhirn
dieses die Lungen
das (Virus)
war nicht sichtbar

Anhang

Margit Heumann

Typisch Corona (von A bis Z ohne Anspruch auf Vollständigkeit)

Gesundheitswesen

AHA-Regeln
Antikörpertests
asymptomatischer Krankheitsverlauf
CoronaApp
Drive-In-Tests
Dunkelziffer
Durchseuchungsrate
Epidemiologen
FFP-Schutzmasken
Hospitalisierung
Klopapier
Maskenpflicht light = Schal und Tücher
Pandemie
PCR-Tests
Reproduktionsfaktor
RKI
Spuckschutz
Triage
Virologen
vulnerable Gruppen

Sozialwesen

Besuchsverbot „Alleinsein is a Strof für mi“
Coronaparty
Digitalisierungsschub
e-learning
Ein-Personen-Unternehmen (EPU)
home-office
home-schooling
Liebe in Zeiten von Corona
Kontaktbeschränkungsmaßnahmen
Nachbarschaftshilfe
Netz-Auftritte von Kulturschaffenden
Rückkholaktion
Solo-Selbständige
systemrelevante Berufe
Tele-Working
verschlankte Matura
Verschwörungstheorien
Vorsichtsprinzip

Politikersprech auf österreichisch

Abstand halten, mindestens ein Babyelefant (Gesundheitsminister)
Auf sicherem Weg in die Normalität (Zeit im Bild)
Evidenzbasierte Entscheidungen (Innenminister)
Halten Sie Abstand, wir halten Sie auf dem Laufenden, so kriegen wir das hin. (ZIB)
Halten Sie durch! (Innenminister)
Oster-Erlass (Innenminister)

Schau auf dich, schau auf mich (Bundesregierung)
Team Österreich (Gesundheitsminister)
Verantwortungs-Ping-Pong zwischen Tirol und dem Bund (ZIB)
Zusammenhelfen, zusammenhalten (Gesundheitsminister

Viten

Norbert Autenrieth, Dr. phil., geboren 1950 in Nürnberg, beschäftigt sich seit den siebziger Jahren Beschäftigung mit Mundartlyrik und –epik, aber auch mit hochdeutschen Texten, Er hat zahlreiche Veröffentlichungen, auch als Herausgeber, ist Sprecher des Collegiums Nürnberger Mundartdichter, 2. Vorsitzender des AutorenVerbands Franken, Mitglied im „Pegnesischen Blumenorden" und den „Wortkünstlern Franken".
Letzte Buchveröffentlichung: Norbert Martin: Morgenstern und Abendroth. Iatros-Verlag Sonnefeld 2019
www.norbert-autenrieth.jimdo.com

Elfriede Bach, geboren 1955 in Roßtal. Während der Grundschulzeit lernte sie durch die neu gegründete Bücherei im Ort das Lesen zu lieben. Als Pendent landete sie als gelernte Bankkauffrau im „Zahlensektor"!
Es entstanden kreative Arbeiten beim Malen und Töpfern und immer wieder Gedichte u. Prosa für alle möglichen privaten Feiern und u.a. der Text für ein Laientheaterstück.

Christa L.A. Bellanova schreibt schon seit vielen Jahren Kurzgeschichten und Erzählungen. Diese sind nicht nur in etlichen Anthologien und der Presse zu finden, sondern auch in zwei eigenen Büchlein: „Hermann, das Ei" und „Das Spielzeug der Prinzessin".
Ch.L.A. Bellanova ist Mitglied beim AutorenVerband Franken (AVF), bei den Wortkünstlern Mittelfranken, sowie beim Collegium Nürnberger Mundartdichter.

Barbara Biegel studierte Malerei an der Akademie der Bild. Künste Nürnberg, arbeitet als Kulturpädagogin mit Kindern an Buchprojekten und als freie Künstlerin mit Holunderholz, Papierobjekten und Animationsfilmen. Sie hat drei Romane veröffentlicht, ist in Anthologien vertreten und betreibt einen Blog (http://holunder-spirits.blogspot.com).

Margit Begiebing, geboren 1951 in Ansbach, aufgewachsen in Koblenz, ist seit vielen Jahren in der mittelfränkischen Kleinstadt Langenzenn beheimatet. Die Autorin hat vier Bücher veröffentlicht. Texte von ihr sind außerdem in zahlreichen Anthologien erschienen, u. a. bei RoRoRo. 2017 hat sie den Fränkischen Kurzgeschichtenpreis gewonnen. Sie ist im Vorstand des AutorenVerbands Franken, Mitglied der Schreibwerkstatt Wendelstein und im Collegium Nürnberger Mundartdichter.

Jutta Dörnhöfer-Schneider lebt als geborene Nürnbergerin im schönen Fürth. Unter ihren Pseudonymen Emmi Schneider und Amy Taylor schreibt sie unterhaltsame Geschichten und Romane, Mundart, Katzengeschichten und einen Burnout Erfahrungsbericht. Sie ist Mitglied der Autorengruppe Wortkünstler Mittelfranken und des Autorenverbands Franken.

Petra Embacher, in Nürnberg geboren und aufgewachsen, ist Mitglied im AutorenVerband Franken e.V. und der Autorengruppe Wortkünstler Mittelfranken. Ihre meist Kurz- bis Kürzestgeschichten sind v.a. in Anthologien veröffentlicht.

Amadé Esperer lebt in Würzburg u. Darmstadt als Lyriker, Essayist, Übersetzer und Herausgeber. Er ist prof. Kenner der deutschen, inklusive fränkischen, sowie englischen, italienischen u. hebräischen Lyrik, übersetzt aus u. schreibt in diesen Sprachen. 2019 gründete er die multilinguale Literatur-Zeitschrift ARIEL Zuletzt erschien von ihm: Im Auge lacht der Augenblick, Kürzestgeschichten, Erich Weiß Verlag Bamberg 2020; demnächst: Europa, du mein Abgesang. Gedichte. Derzeit betreut er als Herausgeber das Fränkische Jahrbuch Literatur 2021

Irmtraud Gloßner war Konrektorin in Veitsbronn und Rektorin in Roßtal, also ganz und gar der Schule verbunden. Schwerpunktmäßig lag ihr die Schulberatung am Herzen.

Seit der Pensionierung kümmert sie sich um die Pensionisten im Landkreis Fürth durch gemeinsame Unternehmungen und Zusammenkünfte. Die Schule lässt sie nicht los, weil durch die drei Enkelkinder die Verbindung zur Schule präsent bleibt.

Erika Hauswirth lebt seit 1959 in Nürnberg, verwitwet, mehrfache Mutter, Groß- und Urgroßmutter, Nach ihrer Pensionierung als langjährige Betriebsratsvorsitzende begann sie intensiv zu schreiben, verfasste z.T. preisgekrönte Gedichte und Erzählungen, die in etlichen Anthologien veröffentlicht wurden, sowie 3 Lese bzw, Vorlesebücher, ihre Erzählung „Der Ball ist rund" wurde auf Bayern II gesendet. Sie ist Mitglied im Autorenverband Franken e.V. und wurde in den Pegnesischen Blumenorden berufen.

Helmut Herrmann wurde 1956 in Nürnberg geboren. Während seiner Berufstätigkeit als Beamter schrieb er unregelmäßig Kurzgeschichten. 2017 und 2018 veröffentlichte er zwei historische Kriminalromane, deren Handlung in Südfrankreich spielt („Der Fluch von Rennes-le-Château" Band 1 und 2, „Das Geheimnis von Rennes-le-Château"). Seit 2019 tritt er mit einem Satireprogramm auf und ist Mitglied im AVF und im Schriftstellerverband, außerdem Leiter der Autorengruppe Wortkünstler Mittelfranken und des gleichnamigen jährlichen Lesefestes. Website: http://www.helmut-herrmann-autor.de/

Margit Heumann, geboren und aufgewachsen in Vorarlberg, verheiratet, zwei Töchter. Lebte mehrere Jahre in England und der Schweiz, lange in Westmittelfranken, derzeit in Nürnberg und Wien. Nach Fernkurs Schreiben und diversen Autorenseminaren zahlreiche Beiträge in Literaturzeitschriften und Anthologien. Seit 2007 neun Einzelveröffentlichungen im Sachbuch- und Belletristikbereich. Mitglied bei Wortkünstler Mittelfranken, Autorenverband Franken, Literatur Vorarlberg und IG Autorinnen und Autoren.

Gisela Hoffmann-Mehrle aus Mainz lebt seit über 20 Jahren in Nürnberg. Bereits von Jugend an schreibt sie gern Geschichten, in denen es „menschelt".
Als Autorin in Nürnberg arbeitet sie bei verschiedenen Schreibgruppen mit. Sie ist Mitglied des Autorenverbandes Franken und veranstaltet in eigener Regie „Kultur im Wohnzimmer", (Lesungen von Autorinnen und Autoren aus Franken). Ihre Geschichten sind in verschiedenen Anthologien veröffentlich worden.

Erich Hübel kam 1971 zum Lehramtsstudium nach Nürnberg und ist seitdem ein bekennender Wahlnürnberger, der die baulichen, kulturellen und – nicht zuletzt! – kulinarischen Spezialitäten (ganz!) Frankens, sowie (besonders) die fränkische Sprache „gans arch mooch". Seit seiner Pensionierung schrieb er fünf Bücher – in fränkischer Sprache – mit kurzen humoristisch-satirischen Texten, die alle im Engelsdorfer Verlag, Leipzig, erschienen sind.

Petra Jacoby, schreibt, seit sie denken kann. Nach mehreren längeren Aufenthalten in den USA, Frankreich, Australien ist sie in Fürth angekommen. Im geschichtsträchtigem Häuschen mit wildem Rosengarten. Die Liebe zur Sprache ließ sie Fremdsprachenkorrespondentin werden. Und dann Schriftstellerin. Autorin der „Fürther Freiheit" in den FN ab 2012. Erste Preise u.a.: „Damals wie Heute" 2014 im Stadttheater Fürth und 1. Platz beim Schaeff-Scheefen-Preis mit ihrer Geschichte „Das verbotene Spiel" 2017. Außerdem organisiert und moderiert sie seit sechs Jahren die wöchentliche Mittagslesung in Fürth.

Peter Jokiel, Jahrgang 65, ist glücklich verheiratet, stolzer Vater eines erwachsenen Sohnes und natürlich waschechter Nürnberger. Er hat bereits zwei Kriminalromane veröffentlicht. 2012 traf ihn ein plötzlicher Herztod. Wenn man sowas mit viel Glück überlebt hat, überdenkt man alles nochmal im Leben und so beschloss er, etwas Bleibendes hinterlassen zu wollen. Und was ist schon bleibender und zeitloser als ein Buch! Sein persönliches Ziel hat er also schon erreicht und schreibt aus purer Lust und reinem Vergnügen.

Irmi Kistenfeger-Haupt, geboren 1947 in Rothenburg ob der Tauber, ging nach ihrer Lehrzeit für zwei Jahre als Au-pair-Mädchen und Sprachschülerin nach Paris. Sie studierte Germanistik, Geschichte und Theaterwissenschaft in Erlangen und arbeitete fünfundzwanzig Jahre als Deutsch- und Geschichtslehrerin, lebt in Nürnberg und ist Mitglied im Vorstand des AutorenVerband Franken.

Sie schreibt Prosatexte und Lyrik für Anthologien. Sie veröffentlichte zuletzt den Roman „Der Mann an der Seine".

Ruth Lenz-Tichai, geb. 1953 in Lauf a. d. Pegnitz, wohnt in Fürth, lebt im Wort. Die Autorin hat zahlreiche Kurzgeschichten in Anthologien veröffentlicht, betreibt den Blog www.fregattensommer.wordpress.com, schreibt und liebt Lyrik. Mitglied im Fränkischen Autorenverband.

Jürgen Leuchauer singt und erzählt nicht von der großen weiten Welt, sondern von „seinem" fränggischen Mikrokosmos und von „seinem" Nürnberg, sprich „Nämberch", in dem er geboren, aufgewachsen und mit dem er tief verwurzelt ist. Seine Geschichten kommen auch nicht aus der Tiefe des Raumes, sondern von konkret erlebten oder subtil beobachteten, skurillen Situationen aus seinem täglichen Umfeld.

Michael Lösel, geb. 1957, nach Studium als freier Technischer Autor, Musiker, Künstler, Schauspieler vielfältig tätig, hat zahlreiche Einzelveröffentlichungen und Beiträge in Anthologien vorzuweisen, sowie Zeitungsveröffentlichungen. Er fungiert als Herausgeber von literarischen Zeitschriften, ist Leiter der öffentl. Literaturdiskussion Textarena, im Vorstand des Pegnesi-

schen Blumenorden“ und Leiter des „Poetischen Theaters“ seit 2010.
Letzte Veröffentlichungen: Morgenstern und Abendroth, Satire (2019 als Co-Autor), Songs & Scenes – Ten Years After, Buch und CD des Poetischen Theaters (2020)
www.michael-loesel.de

Jürgen Leuchauer singt und erzählt nicht von der großen weiten Welt, sondern von „seinem fränggischen“ Mikrokosmos und von „seinem“ Nürnberg, sprich „Nämberch“, in dem er geboren, aufgewachsen und mit dem er tief verwurzelt ist. Seine Geschichten kommen auch nicht aus der Tiefe des Raumes, sondern von konkret erlebten oder subtil beobachteten, skurrilen Situationen aus seinem täglichen Umfeld.

Malwine Markel, geb. Binder, urde 1964 in Reps/Siebenbürgen/Rumänien geboren, lebt seit 1991 in Schwabach bei Nürnberg. Sie ist Schriftstellerin, zertifizierte Märchenerzählerin, freie Kulturjournalistin beim Schwabacher Tagblatt und anderen Zeitungen. Sie leitet die Literaturreihe „Schwabach liest“, zahlreiche Veröffentlichungen in Anthologien, hauptsächlich Lyrik. Mitglied bei der GAL (Gesellschaft der Absolventen und Literaten), bei der Autorengruppe „Wortkünstler Mittelfranken“ und bei der KünstlerGilde e.V. Esslingen, www.künstlergilde.eu

Anna Neder von der Goltz, Dr. phil., geb. 1957, lebt in Nürnberg. Sie unterrichtete viele Jahre an Schulen und Hochschulen. Seit 2017 ist sie freie Autorin und hält öffentliche Lesungen. Literarische Veröffentlichungen in zahlreichen Anthologien und zwei Erzählbände.
Ihr Debütroman „Martha schweigt“ stand auf der Longlist des Blogbuster Preises 2018 und erscheint im Herbst 2020. www.neder-goltz.de

Korbian M. Reinders, geboren 1944, ist gelernter Industriekaufmann und war schon bald vor allem im EDV-Bereich aktiv, später auch als Selbständiger. Hat seit frühester Jugend gerne und alles gelesen und 2013 begonnen, seine Schreibkünste auszuleben. Er wohnt heute in Stein bei Nürnberg.

Christine Rieger, Jahrgang 1953, geboren in Coburg. Sie schreibt in den Bereichen Krimi, Märchen, Fantasy, Science Fiction, Satire und Glossen auf Hochdeutsch und in Nürnberger Mundart. Seit 2017 sind drei Bücher der Autorin erschienen. Christine Rieger ist Mitglied der Autorengruppe „Wortkünstler Mittelfranken" und des AVF (Autorenverband Franken). Die Autorin ist verheiratet und lebt mit ihrem Mann in Nürnberg. https://www.christinerieger.com/

Fritz Schnetzer, geboren 1944 im Zeichen des Mars. Lehrer, verheiratet, zwei Söhne. Als Erzähler ist er Mitglied der NGL Erlangen (Neue Gesellschaft für Literatur).
Erschienen ist ein Erzählband, ferner Veröffentlichungen in diversen Anthologien. Seit vielen Jahren Autor der Reihe Fürther Freiheit in den FN.

Manfred Schreiner, leitete von 1987 bis 2009 das Amt für Volks- und Förderschulen der Stadt Nürnberg und war von 1980 bis 2009 Lehrbeauftragter für interkulturelle Pädagogik an verschiedenen Universitäten. Er ist Herausgeber und Autor von Lehrerhandbüchern und Verfasser von über 100 Beiträgen in Fach- und Verbandszeitschriften und Ehrenvorsitzender des Nürnberger Lehrer- und Lehrerinnenvereins, Ehrenmitglied in diversen Lehrerorganisationen. Er ist Vorsitzender der Hermann-Kesten-Gesellschaft. Verdienstorden der Bundesrepublik Deutschland

Manfred Seifert, geb. 1948 in Limbach/Baden. Studium der Anglistik und Geschichte in Heidelberg, London und Würzburg. Seit Ende seiner beruflichen Tätigkeit als Gymnasiallehrer lebt er (wieder) in Nürnberg, hat mehrere Bände mit Kurzgeschichten und Überlegungen zum Zeitgeschehen veröffentlicht und ist mit weiteren Texten in Anthologien vertreten. Er ist Mitglied im Presseclub Nürnberg, im AutorenVerband Franken und beim Bürgerforum Dutzendteich Nürnberg.

Walter Tausendpfund, geboren 1944, richtet seinen literarischen Blick ist nicht nur auf die unmittelbare und nähere Umgebung mit ihren vielfältigen Eigenarten, sondern sein Augenmerk geht auch immer wieder weit über den heimischen Tellerrand hinaus. Dabei bedient er sich gerne eines knappen und pointierten lyrischen Tones. Viele der so entstandenen Texte publizierte er in seinen „Mundartlichen Beiträgen".
www.walter-tausendpfund.de

Martina Tischlinger, in Nürnberg geboren, hat BWL, Außenwirtschaft und Marketing studiert, doch ihre wahre Leidenschaft ist das Schreiben. Entdeckt wurde sie vom Bayrischen Rundfunk, als sie eine ihrer ersten Geschichten im Radio vorgetragen hat. Gehört, engagiert.
Der Emons Verlag hat 2020 ihren fünften Krimi „Camping mit Mord" herausgebracht. Der nächste Frankenkrimi „Mordsweiberleut" erscheint im April 2021.

Nikolaus Winter, Endfünfziger, hat sich der südmittelfränkischen Mundart, aber auch dem Hochdeutsch gewidmet. Er genießt seine wohlverdiente Pension im Nordwesten Nürnbergs und ist hocherfreut, wenn ihn von Zeit zu Zeit die Muse küsst. Das Covid 19 Virus vermiest ihm allerdings sein Lieblingshobby, das Reisen!

Iatros-Verlag & Services e.K.
Kronacher Straße 39
96242 Sonnefeld

Tel.: (0 92 66) 79 29 002

Email: info@iatros-verlag.de

Internet: www.iatros-verlag.de